ハッピー！介護

猫の手エンディングノート

さわだ さちこ

さくら舎

おしゃれなとらばあちゃん……でした。お花が大好きで、特にバラがお気に入り♡紅茶とケーキとヨーロッパの美しい町に…あこがれてました。秋田生まれの秋田美人？…

トラばあちゃんのりれきしょ

名前…猫のとらジエ　♀　大正2年5月生まれ

生まれた所……秋田県ののどかな自然あふれる所です

♧ 長所……やさしい。気が大きい（ケチじゃない）。
　　　　　困っている人がいると助ける。おしゃれ。

◇ 短所……気にする。一度きらいになると長い

♡ 得意な学科…英語。絵を描くこと。

◇ なりたかった職業…通訳。着物.洋服のデザイナー

♀ 得意技　……草取り。料理。耳がいい。暗記

♡ 口ぐせ　……男に頼ってはダメ。職業婦人に！！
　　（子育て中にいつも言っていた…）「あかぬけてるわー」も

♣ 好きな時間……朝 ｛どんなことがあっても朝になれば良い
　　　　　　　　　　方向に…向かう！から

♡ 好きな映画スター…イングリッド・バーグマン

♡ 好きな動物……猫。犬。小鳥。りす。小熊。ふくろう

▫ 好きな食べ物……コーヒーゼリー。マンゴープリン

♪ 好きな歌手…秋川雅史。岩崎宏美。岸洋子

とら江さんの生家.家族

お父さん
- 村長さんで人気者
- おしゃれ
- やさしい

お母さん
- 働きもので
- ちょっとこわい
- いつも忙しい

長女 とら子　夢…主婦

次女 とら乃　夢…教師

三女 とら江　夢…いっぱい

四女 とらり　夢…モデル

こどもの頃、
家には、いつも大勢の人が来て
ごはんを食べてました。にぎやかでした。

私は苦手なので
ひとりで
池の魚を見たり
虫を見て
ボーッとして
ました …と。

・・・お部屋の中をきれいにするのが大好き!
・・・障子にも千代紙を花形に切って貼ったり
・・・鏡台のカバーも作りました。

乙女の頃…
絵を描くのが好きでした。
特に、着物の柄や
帯の模様のデザイン
するのが大好き!
着物バッグの形や
色を考えたりして…

◇浴衣の柄デザインコンテストで
グランプリ!

帯

バッグ

トンボの柄です!

☆ ……あこがれの東京で…… ☆

🏠 とら江さんは 小さな
新聞社に就職
🗓 事務 (経理)のお仕事。
字が きれいで 採用。

男の人は皆、声デカイ
何か、がらが悪くて…
言葉づかいが 荒くて…
いつも 怒ってる みたい
……と 思った……◦

…そんな中で 1人…変わった人が…

✿ 服が ヨレヨレ…（いつも）
◇ 顔色が悪い。やせてる（ずっと）
△ いつも うつむきがち なので（ほとんど）
　　どんな顔か、わからない
△ 時々、怒られてる…（しょっちゅう？）

……でも……

♡ 良い人 そう……（よく見ると）
♡ 朝礼の時の 1人1人のあいさつが（スピーチ）
　すごく すてき…（かも‥）と…♥

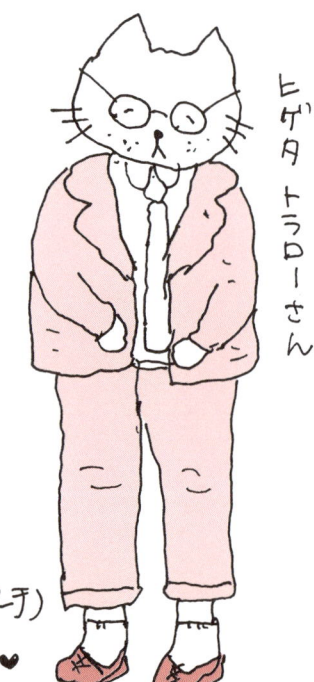

ヒゲタ トラロ一さん

♥・・・・♡ 初めての…デート ♡・・・・・♥

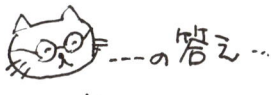

美人
だなぁ…

…の答え…
「職人…
- ‥でも、おふくろが内職して
ほとんどオレたちを育ててくれた。
- …姉さん、兄さんは小学校出て
すぐ奉公に出た。
姉さん兄さんのおかげで、
オレは、高校まで行けた。
・・・・・・
♢話はそれ以上
盛り上がらなかった。

…の質問…
「お父さんは 何の仕事してるの？」
・・・・・・
「みんな働きもので、
やさしいのね…」

とらシエは、
この日、コーヒーを
ごちそうしました。
♡半年後
結婚しました

●● 戦争が 始まって しまいました。……●●

トラローさんは 兵隊で、スマトラ島へ……。
その間に、赤ちゃん誕生しました。(たまり)

とらエさんは、買い出し列車に。
ギューギューづめで、もう、とにかく
死にそうで、赤ちゃんを守るのが精一杯…と

戦後……

- 上野駅に、大勢の子供が道端に寝たり、震えて しゃがみこんで…空襲で親と離ればなれになり… 1人でも 二人でも、ここから連れて帰りたかったけど 自分も親子二人、親せきの家に、お世話になって いたので、出来ず…胸が痛くて…泣けて……
- その後、何10年経っても、ずっと あの子供たちの 姿が 忘れられず…。
- 戦争は、本当に、二度と してはいけない…と、いつも話し てました。

トラローさんからの
連絡は 全く無し。
生きていれば
いいけど…。
まあ、いつか
帰ってくるでしょう。

- やっと戦争は終わったけど……。
  - とらえさんは、働いて親子二人で生きていかなくっちゃ！と..仕事さがしの毎日!

◇毎日、とびこみで就活?!
（赤ちゃん、おんぶしながら..)

「20さいです！」-本当は30すぎ。
「この子は...
　姉の子供で、あずかってます。」
　...と明るく答えてました。

🏠仕事は、なかなか無くて..
　質屋さんのお世話になり、
　そんな毎日も、少しオシャレを。

トラローさん 帰る！

🌱しばらく経ったある日...
　家の前にボロボロの軍服を着て
　まっ黒（よごれて..)で、やせ細った男性が
　今にも倒れそうにやっと立っていた。
（スゴイニオイガタダヨッテイタ そうです）

とらヱさんの、その後...子どもたち...

ヒゲタ トラロー

ヒゲタ とらヱ

年取ってから生まれたので、すごくメロメロにかわいがり

長女...たまり まじめ・繊細

センスにこだわる

♡結婚♡ くまおさん

翻訳家

次女...たま子 お笑い大好き

弟をいつもいじめてた...(小さい頃) ～ 今 在に 遊んで…

とらお...長男

子どもっぽい？けど、正義感いっぱい。

♡結婚♡ とび子さん

フリーライター

教師

本読み屋

と、いう訳で....

...ヒゲタ一家は....
たまりと、とらおが結婚して
家を出たので、親子3人になり、
(30年以上...) その後....
トラローさん亡くなり....
とらヱさんとたま子の2人に...

- そして
- それから

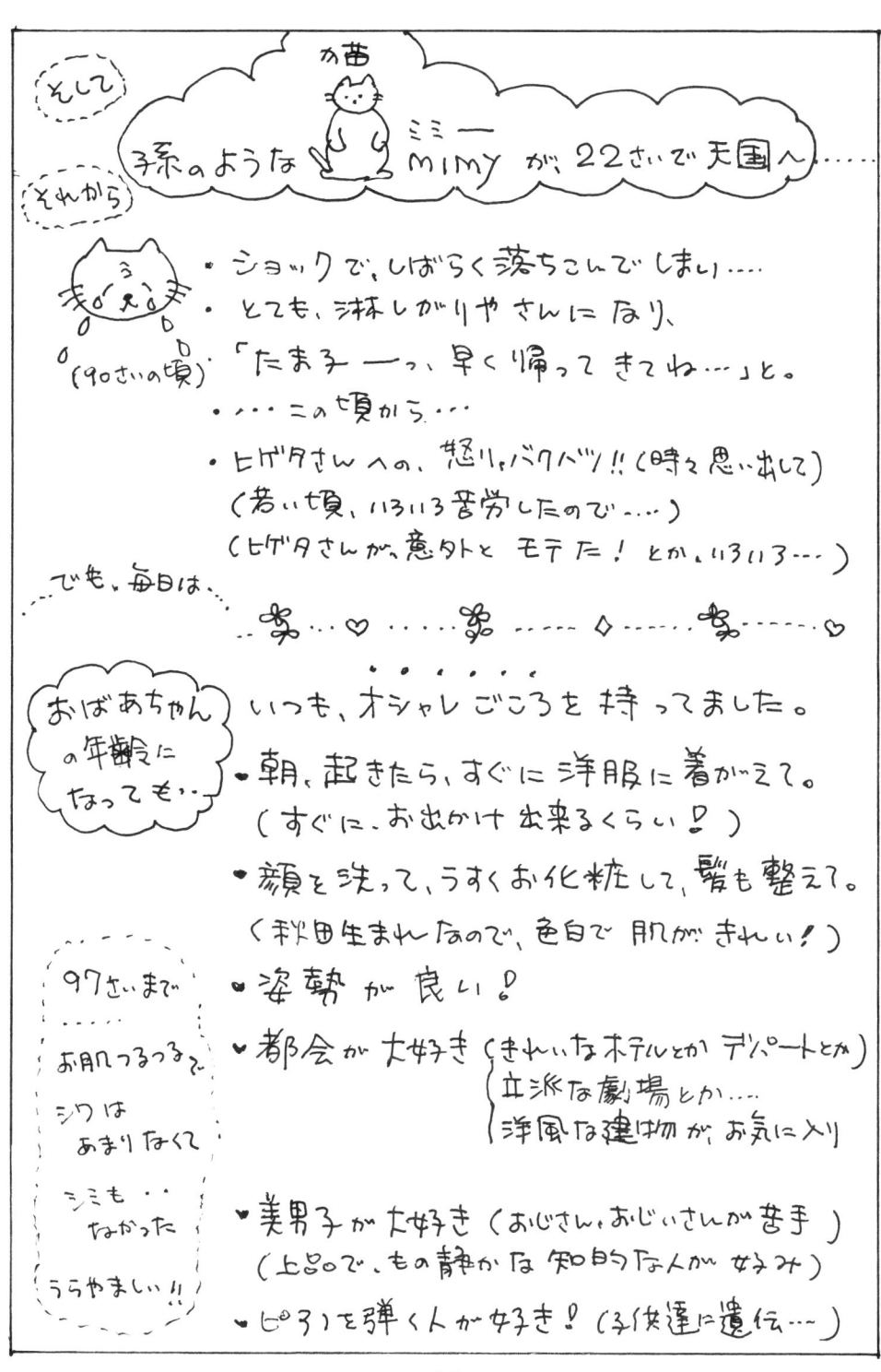

孫のような mimy が、22さいで天国へ……
(猫 茜 ミミー)

(90さいの頃)
- ショックで、しばらく落ちこんでしまい……
- とても、淋しがりやさんになり、
- 「たま子ーっ、早く帰ってきてね…」と。
- …この頃から…
- ヒゲタさんへの、怒りがバクハツ‼ (時々思い出して)
  (若い頃、いろいろ苦労したので…)
  (ヒゲタさんが、意外とモテた！ とか、いろいろ…)

でも、毎日は…

おばあちゃんの年齢になっても…

いつも、オシャレごころを持ってました。
- 朝、起きたら、すぐに洋服に着がえて。
  (すぐに、お出かけ出来るくらい！)
- 顔を洗って、うすくお化粧して、髪も整えて。
  (秋田生まれなので、色白で肌がきれい！)
- 姿勢が良い！
- 都会が大好き (きれいなホテルとかデパートとか)
  (立派な劇場とか…)
  (洋風な建物がお気に入り)

97さいまで
お肌つるつるで
シワはあまりなくて
シミも‥なかった
うらやましい‼

- 美男子が大好き (おじさん、おじいさんが苦手)
  (上品で、もの静かな知的な人が好み)
- ピアノを弾く人が好き！ (子供達に遺伝…)

イケメン先生にポーッ (ヤーコブ先生)
内科
診察室
……もう3時間も待ってるのに
プンプン
うとうと…
すみません‥ もうすぐです
ガミガミ
ちょっとー もう4時間も 待ってるのよー まだなのー? 私 具合悪いのよー
… もうすぐですって まあ‥おちついて‥
まったく そっけない 看護師さん だこと! あ〜 おなか へっちゃったよ
そうね…

先生に会うのでドキドキ
とらミエさーん
どうぞ…
きたきた!!
ドキドキ
やっと順番がきたわね
スタスタ
おっとととと
大丈夫ですか?
ドキドキ
あの〜
ヤーコブせんせ〜い
とらミエさーーん
ヤーコブですよー!
起きてくださーい
???
ポーッ

ちょっぴり…ボケたの？？

…自分で出来るけど、やり方が 変？？？

でも 怒らないでネ……。

服を着たまま、お風呂に入ってる…のを見て
10年前に観たフランス映画を思い出した。
ホームレスの男性が、ふとしたきっかけで豪華ホテルに
泊まることになり…服を着たまま…バスタブに！
服も体も、石けんの泡できれいに…
お母さんはフランス人？？かも♡

たま子….少しショック◎◎

入ってるよ〜
ふ〜〜〜

脱衣かご

お母さ〜ん！
おふろ入ってる？
————
あれ？
ぬいだ服は
どこに？

いいお湯だよ〜

あらら…
洋服着たまま…。

ふ〜っ　いいお湯ね…

お母さんの服は
ぬいでもらって
一緒に
裸んぼに…
なって…．

赤ちゃんに戻っちゃったの？

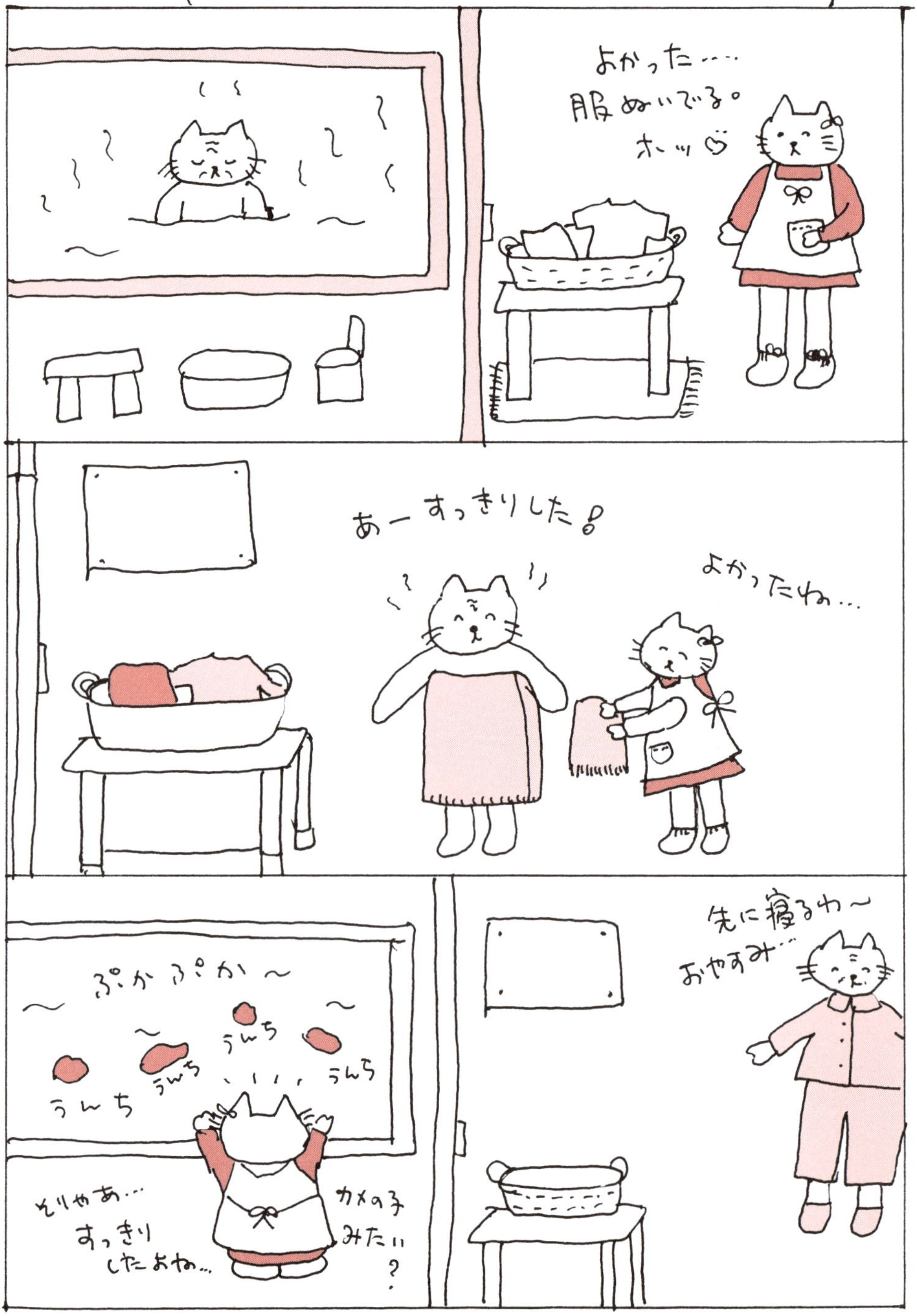

一所懸命…考えたのね…。
よなか
タンスの整理よ。
どうしたの？
ちょっとオシッコ
もらしちゃったのよ
明日、洗うから。
ずいぶん ふくらんでる？
パジャマのズボンね…？
パンツ7まい はいてま〜す。
もう大丈夫よ。
パンツいっぱい
はいたからね。
………
お腹のところの
ゴムがきつくて
かゆい〜わ。
キャー♥♥
玉ネギ王子？？
バレリーナですか〜？

暑〜い夏の朝…☀

🍲 おなべを時々こがす…。

朝

「うどん作っておいたから、お昼にあたためて食べてね」

「ありがとう！あっためて食べるよ。」

夕方

「ただいまー」「あれ？うどん食べなかったの？」

昼間、とらおが来てくれていたが、自力でおなべをあたためようとして失敗。

しょんぼり。

「うわっまっ黒こげ！うどんもはりついてまっ黒！」

「大丈夫よ！洗えばきれいになるし、平気平気！お腹すいたでしょ…すぐご飯作るね。」

「うん…」

あたしはおばあちゃんじゃない！

97さいだけど…

…だって、孫がいないもん…

…だって年寄りがきらいだもん…

〔トラローさんが亡くなって〕
おうちは、とらヱさんとたま子の2人暮らし。
（元々は5人暮し。トラローさんは亡くなり、他の子は結婚）
たま子は…お店のディスプレイや本のイベントを企画する仕事
…で、全国をとびまわって…本当にたまたま独身♀
夢は、野原で…猫たちに囲まれて…
♡ウェディング キンチャッテ…

……夕方 帰ってきますが…この頃 とらヱさん
も、すっかり、淋しがり屋さんになり…
……1人おるすばんも 心配で。
ヘルパーさんに来て いただきたい♪と
思ったのですが……。

毎朝 とらヱ母さんは ずっと手を振って
たま子を見送ってます。
………………
夕方、駅から「今、駅に着いたよ」と、
電話すると、窓から、ずっと身をのり出して
待っていてくれます。

とらお とび子
…夫婦…
……が 代わりばんこに 昼間、様子を見にきて
とらおは とらヱさんの息子で かわい
がってます。   くれます。

たまり
……はとらヱさんの長女で 週1日だけ遊びにきて
くれます。ふしぎのくにのたまり？ふしぎなフルート奏者？

とらシエさんの気持…わかる気もする…

コマ1:
- こんにちは ケアマネージャーの○○です。お名前は？
- 介護認定の調査に来ました。
- 失礼な！自分の名前くらい言えるわ！教えないよ…
- プンプン

コマ2:
- 右手あげられますか？右手を上にあげて下さい。
- ますます失礼な！子供じゃないんだから、そんなことしないよ
- ムカッ シカト…

コマ3:
- とらシエさ〜ん
- とらシエさ〜ん
- 近い 寄るな…
- そんなに大声出さなくても聞こえるよ〜 私は耳も遠くないし……まったく失礼だよ

ヘルパーさん…すみません…
おばあちゃん！ヘルパーの○○です。入りますよー。
あたしはおばあちゃんじゃないよ。孫もいないし。……勝手に入らないで！
でも…伺う予定になってますけど…。
あたしは元気だし…用事はないし…帰っていいよ。ごくろうさん
では、また明日…。
次の日
こんにちはー ヘルパーの××です
間に合ってまーす！
こうしてヘルパーさんを追い返してしまうのです
実は毎日違う人が来るので、怒ってました。

ヘルパーさんは無理!ということで…

…理想通りの…夢のような…家政婦さんが…我が家に……

タビタさんです

たま子の希望は…

① 元気過ぎない方
② 声が大きくない方
③ もの静かな方
④ 雰囲気が上品な方
⑤ 若くない方 (出来れば少し白髪がある方)
⑥ 太ってない方 (出来れば細身の方)
⑦ 背が高くない方 (出来れば小柄な方)

こんな…家政婦さんがいいなぁ…と

この希望♡全部ピッタリの方♡ タビタさんでした。

とらエさんの好きな女性のタイプです!!

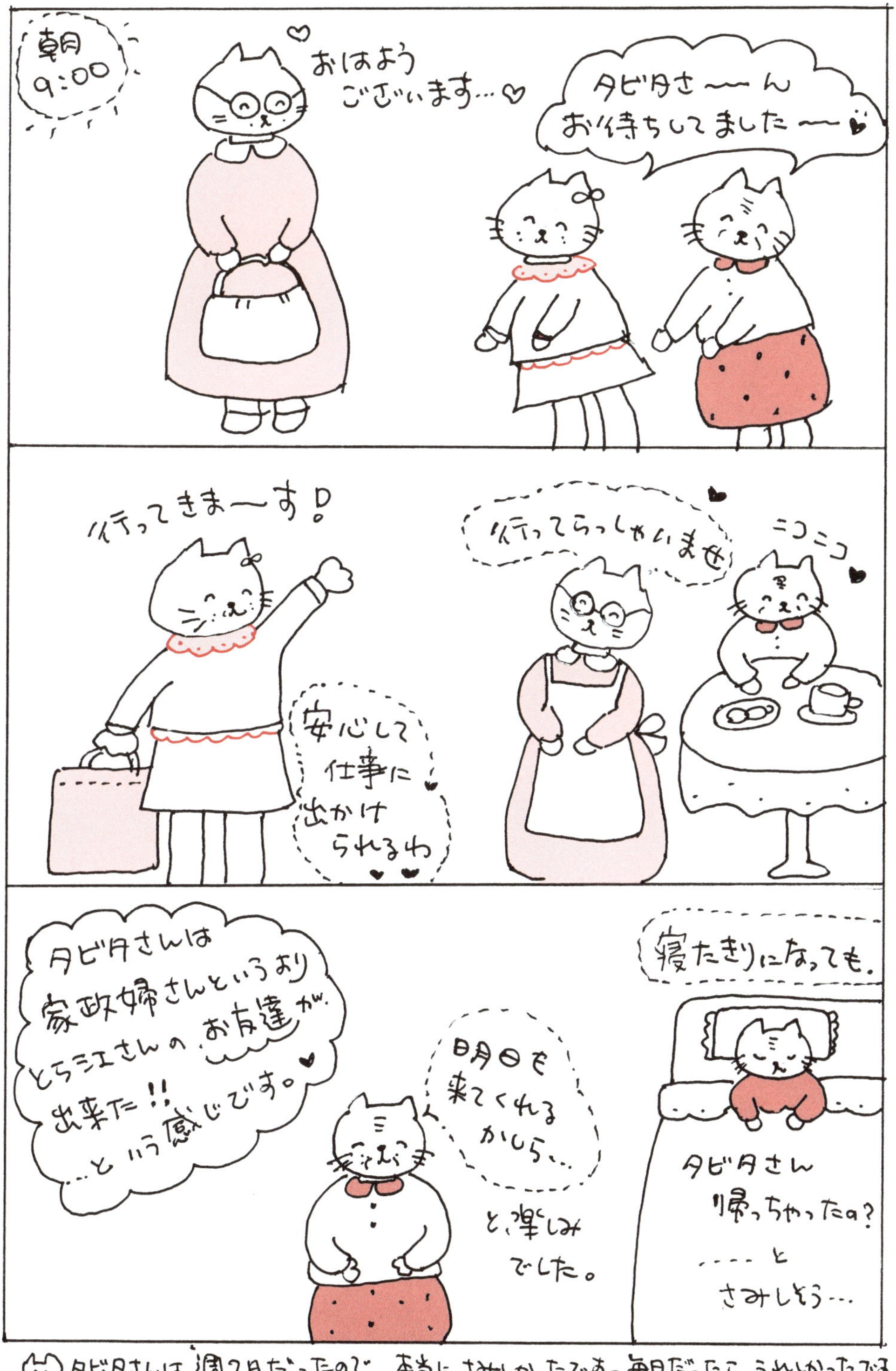

タビタさんは週2日だったので… 本当にさみしかったです。毎日だったら、うれしかったです。

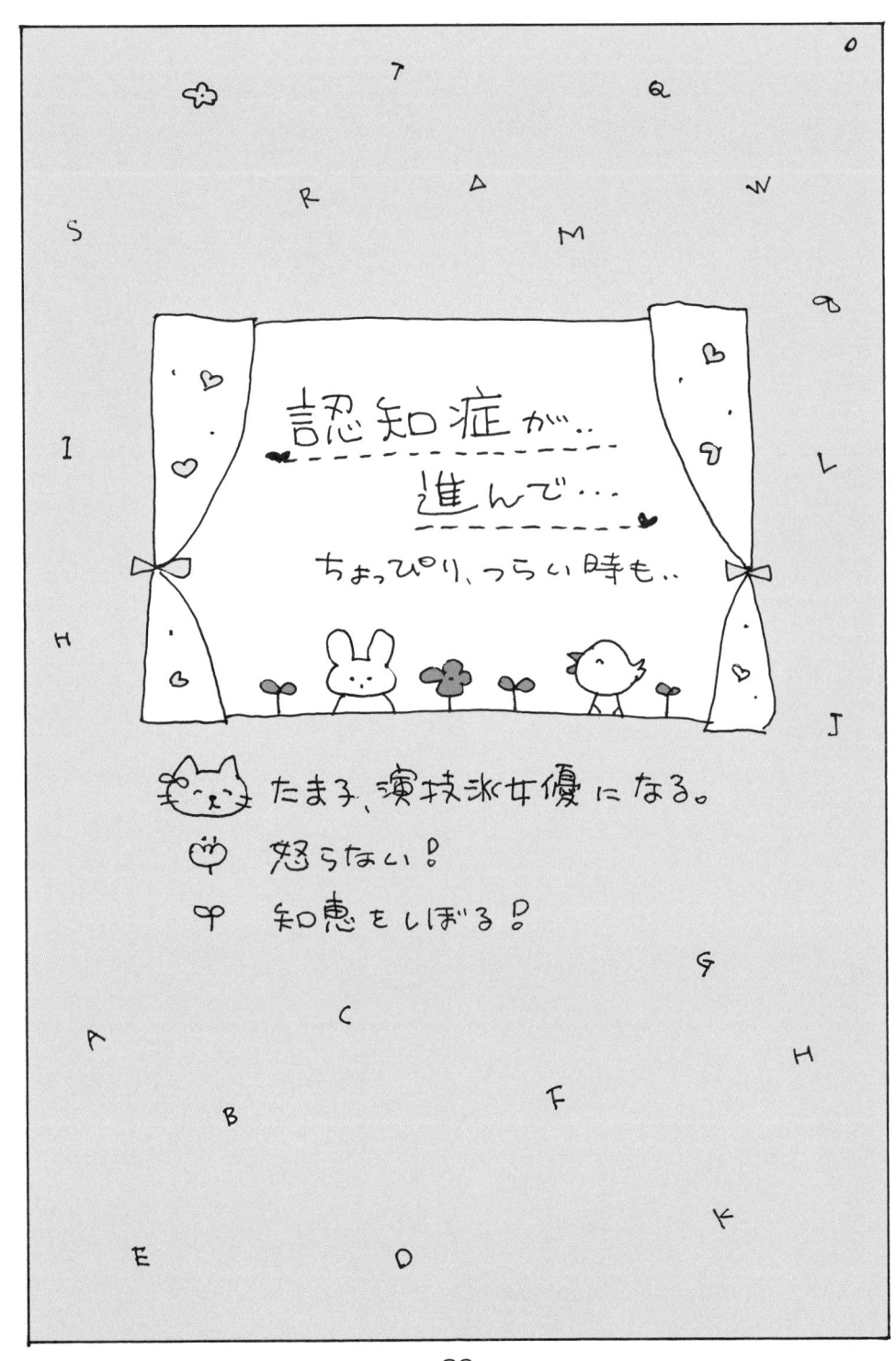

認知症が..
進んで…
ちょっぴり、つらい時も..

たま子、演技派女優になる。
怒らない！
知恵をしぼる！

よく、こんな会話してました…。

時々、普通に戻るとうれしくなります…

たま子は若いからもっと、おしゃれしなくっちゃ

うん！明日デパート行くわ

…と思ったら

そうだよー たま子は、まだ30さいでしょ これからよ～

そぅとうだね
…

ずいぶん若く見えるかな?? うれしいけど

やっぱり…。

そういえば… トラローさんはどこ行ったの？買い物？

そんな訳ないでしょ!!

お父さんはこの前死んだのよ
…

どろぼうが入ったーって？

ただいまー、ふー

おさいふが盗まれたー
どろぼうに、とられたー

わかった、わかった…
さがしてあげるから…
大丈夫よ。

おさいふに いっぱい 入ってるの

あったーっ？
おさいふ
冷たくなってる。
カチコチ…よ
中身のお金も
ひゃあ〜
つめたいっ!!
よかった…あったよ。

なんでっ？
そんな所に？？

一所懸命 作ってくれたのね…♪

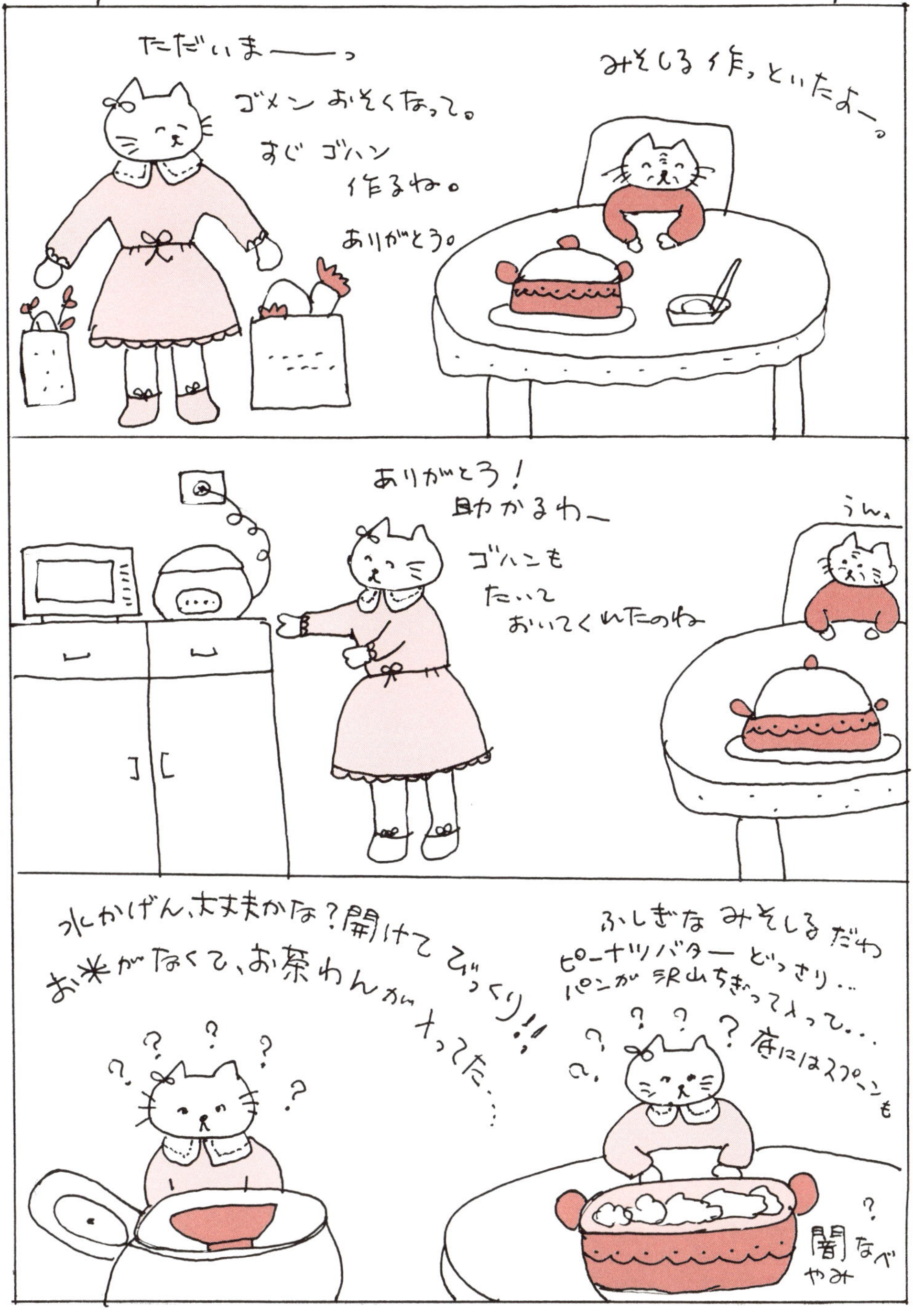

たま子が いないよ〜。

たま子が まだ帰ってこないよ〜
帰るまで ごはん食べない。

たま子は 私よ…
さっき帰ってきて
このごはん 作ったのよ
さあ、たべよう？

やだやだ 食べない！
たま子が、かわいそうだよ！

アーン
アーン

そうだ！
帰ってきた時を
再現
しよう！
服も 替えて
みよう…

ドアを開けて……

ただいまー！
たま子よ…
帰ってきたよー

キョトン
？ ？ ？

実は、この後
やっとごはんを
食べて…

ふーっと
普通に
「たま子！」と
話しかけた

たま子じゃない！

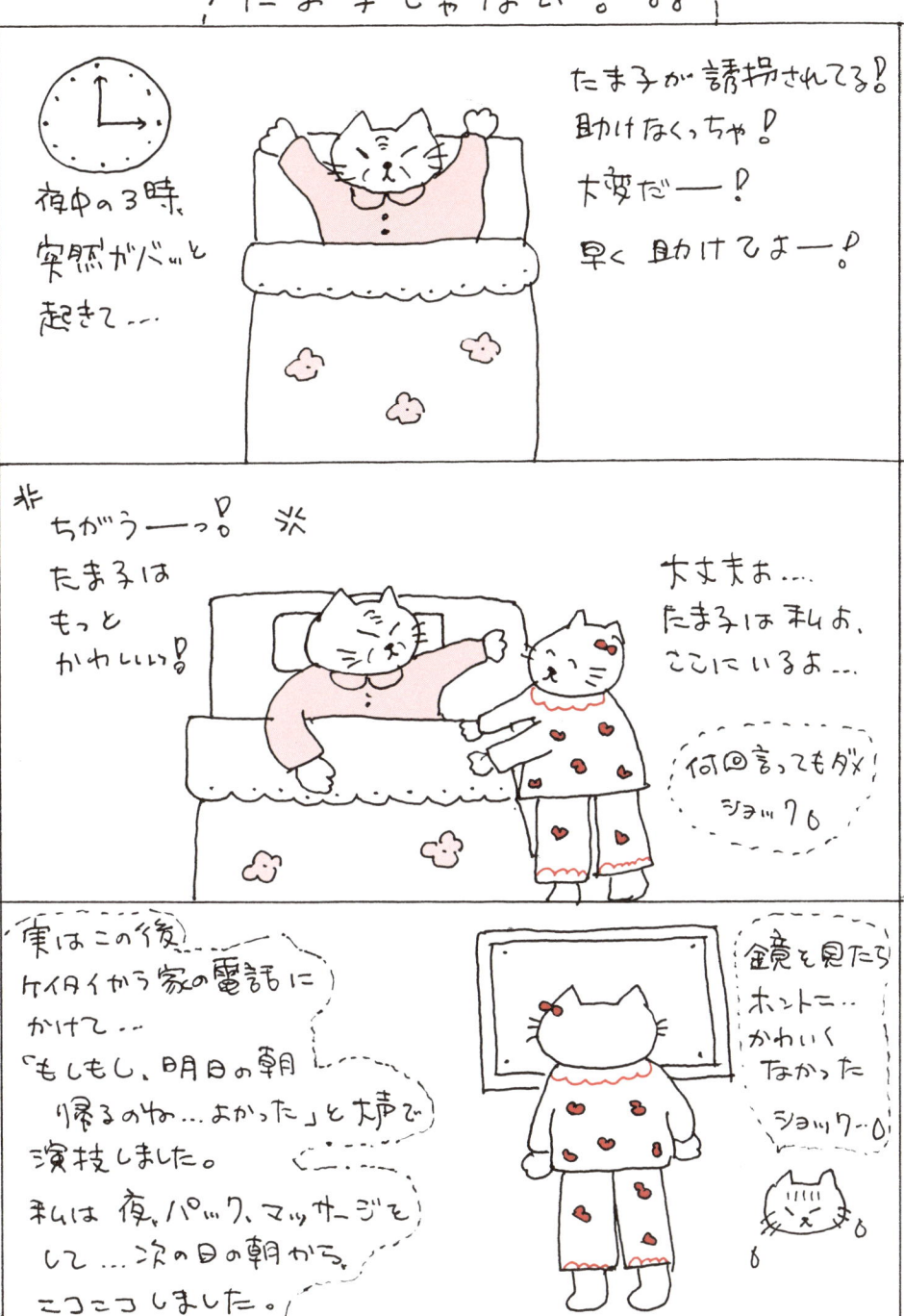

夜中の3時、突然ガバッと起きて…

たま子が誘拐されてる！
助けなくっちゃ！
大変だー！
早く助けてよー！

ちがうーっ！
たま子はもっとかわいい！

大丈夫…
たま子は私よ。
ここにいるよ…

何回言ってもダメ！
ショック。

実はこの後、
ケイタイから家の電話にかけて…
「もしもし、明日の朝帰るのね…よかった」と大声で演技しました。
私は夜、パック、マッサージをして…次の日の朝から、こつこつしました。

鏡を見たらホントに…かわいくなかった
ショックー。

どんだけ食べるの〜?

夜中12時
突然ガバッと起きて…
あたし晩ごはん食べてないよ──!
はやく作ってよ──!
声がデカイ… コワイナア。
いっぱい入ってるよ
はやく作って!
ゴハンゴハン
晩ごはん食べたよ..
もう12時よ
寝ましょ!
お腹痛いなら
仕方ないね…
……
明日食べるよ.
………
お腹痛い…の
イタタタ…
イタタタ…
明日作るから
がまんしてね..
実はこの後、カステラをひとくちあげたら、満足して寝ました

あばれちゃう！

夜中2時
突然ガバッと起きて…

置き時計 投げる 投げてる
あたしはみんなを殺してあたしも死ぬ!!

ええ??サスペンスドラマ??

投げるわ… 枕 ドスン すごい迫力… 卓上カレンダー ボン 投げるわ…

たま子はトイレに逃げました
こわいよう… どうしよう…

投げはストップしました
泣かないで..ほら….

そうだ！女優になろう！と、お母さんのベッドに顔をうずめて泣いたら…

> 困った時は..
> 友達に聞いて

そうそう... うぅうん...そうね...

🌸 小さなことでも 話して みましょう。
✿ 目から ウロコで...アイデア いっぱい！
♥ 友達は、助けて くれました。...☺

♥ 気分転換ヨ♪♪

スーパーに
お買い物....ヨ

ちょっとだけ
オシャレして...ネ
誰に会うか
わからないし...ネ
メイクもして..

今日は
何にしようかな？

ECO BAG

そうだ♪
電話しよう♪っと。
家じゃ、出来ないし...

もしもし...元気？
この前のTV見た？
竹野内豊..すてきだったわね...♥

たま子は..
TVの恋愛ドラマ
が、大好き
なのでぁ...♥

家のことと
関係ないことを
おしゃべりすると...
何だか、元気になります♪

そうね...♥
あのドラマのラストに流れる
コブクロの歌..
ジーンとくるわね...

いつか
コブクロの
コンサート
行きたい
ねー

♡大阪のあおきさんに いつも 電話してました。

うんち..出そう..で出ない...

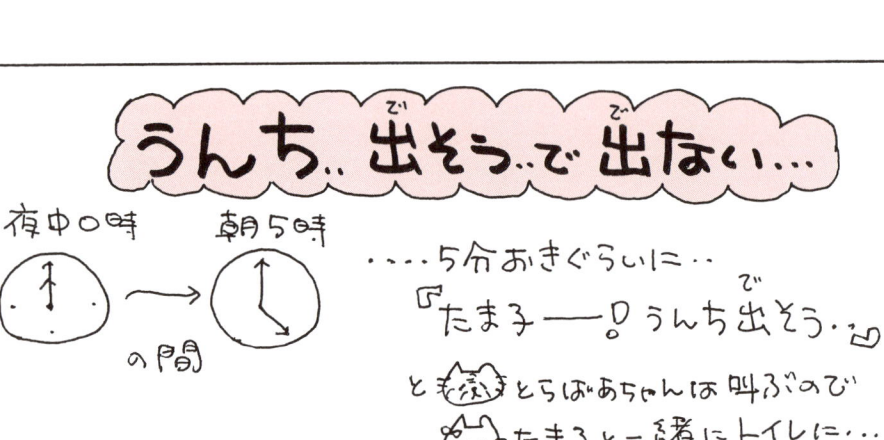

夜中0時 → 朝5時 の間

....5分おきぐらいに..
『たまこーーっ!うんち出そう..』
と とらばあちゃんは叫ぶのび
たまこと一緒にトイレに...

（トイレで ……）
とらばあちゃん..ふんばるけど
うんち 出ない...。

（年を取ってから、年々便秘ぎみ）

以前は 牛乳やお水を..
前の晩や朝飲むけど...。

うーん うーん

何とか、しなくっちゃ！と
1 温水シャワーのパワーを強く
2 下剤を飲む
3 浣腸

をやってみたが無理。

...お尻（肛門）を見たら..
うんち？
出口（出口）の穴が
開いて、やや固めのうんちで
ふさがっていました。

何とか してあげたい！と
実は以前、
病院に行き、薬を
もらったけど...その時だけで...。

きっとふんばる.押し出す
パワーが 弱く
なっているのかも
と。

🐟 その後、食生活に気をつけたら、カチカチ便秘は 治りました。

そうだ！友達に相談♪

🐱→🐱 『うんちが入口近くまで、きているけど入口が固くて、出ないの…』

🐱 『大丈夫！私もおばあちゃんにやってあげたらすっきり、どーんと出たわよ。○○でね。』

[準備するもの]
- 薄いゴム手袋（医療用の）
- 痔の薬の軟こうクリーム

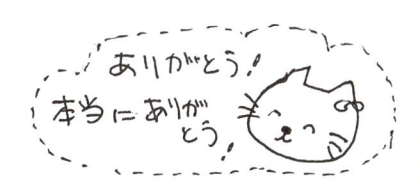

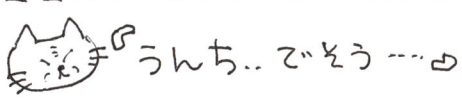

（ありがとう！本当にありがとう） 🐱

🐱 『うんち…でそう…』

🐱 大丈夫よ！うんちでるから…

（うんち）おしり　おしり

…入口の固いうんちをかき出し穴を開けると、その奥にある柔らかいうんちがどーっと出てきました。

🐱 本当に良かったね…

🐱 うん、すっきりしたよ…

♥ スタート ♥
- ゴム手袋の人さし指・消毒　〃　　　　　に軟こうを
- 肛門に軟こうクリームをぬる。
- 人さし指でやさしく…ちょこっと、うんち、かき出す。
- 肛門を温水シャワーでやさしく洗う。
- もう1回、やさしくかき出す。
- もう1回 温水シャワーで。
- 『がんばって !!』と…

💮 出ましたーっ !
（ドドドドーッと）

☁ うんち、どっさり !!

○○お友達に聞いてから、お医者さんにも聞きました。

便秘しない…ごはん

朝、起きたら、コップ半分のお水を。
（飲みづらいのでひと工夫で美味しく！）

- レモンをちょっぴりしぼり、
- ハチミツを小さじ1杯

入れると美味しい！

朝食

プレーンヨーグルトに…

{ バナナ 1/3、キウイ 1/4、いちご 2 を細かく切って } に

…ハチミツ小さじ2をかけて…

…きなこ 小さじ1をかけて…

混ぜて、食べると、超美味しい！

ホットミルクティーをゆっくり…♡

ティーポット

ポットカバー（ティーコージー） ← カバーをかぶせると紅茶は、ずっと温かい！

りんごジャムを作りましょう。

- りんご1ヶを細かく切って…
- おなべに入れて…
- レモン半分をしぼって入れて…
- ハチミツ大さじ1を入れて
- お水大さじ1を入れて…
- 木のスプーンで、かきまぜながら、（弱火で）ゆっくりゆっくりね。りんごが、すきとおったらOK。

おなべ

トロトロにならなくてもりんごの形があった方が…美味しいです。

🐱 りんごジャムをトーストにのせてたべると…おいし〜い！！です。

おやつも....ね...

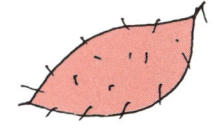

- やきいもで 簡単アレンジ！ひと工夫で 美味しいスイーツに 変身♡♡

お茶と一緒に...♡
- 輪切りにして、バターを塗り、ハチミツを塗って、オーブントースターで焼く。仕上げに、いりゴマをパラパラふりかける。

- 輪切り（薄く）にしてオーブントースターで焼く。小さなサイコロ形に切る。（皮はむいて）アイスクリームにのせて、ハチミツをかける。（バニラアイス）

「レーズンとさつまいものサラダ」

- やきいもを小さなサイコロ形に切る。レーズンにお湯をかけて柔らかくする。ボウルに、両方を入れて、マヨネーズであえる。（焼き芋は皮をむきます）

夕食も...♥ お味噌汁に！
焼き芋は皮をむいてサイコロ形に切る。ワカメと一緒に入れると美味しいです。とろろ昆布を入れても!!

...とは言っても、やっぱり便秘します……トホホ…

寝たきりになっても..

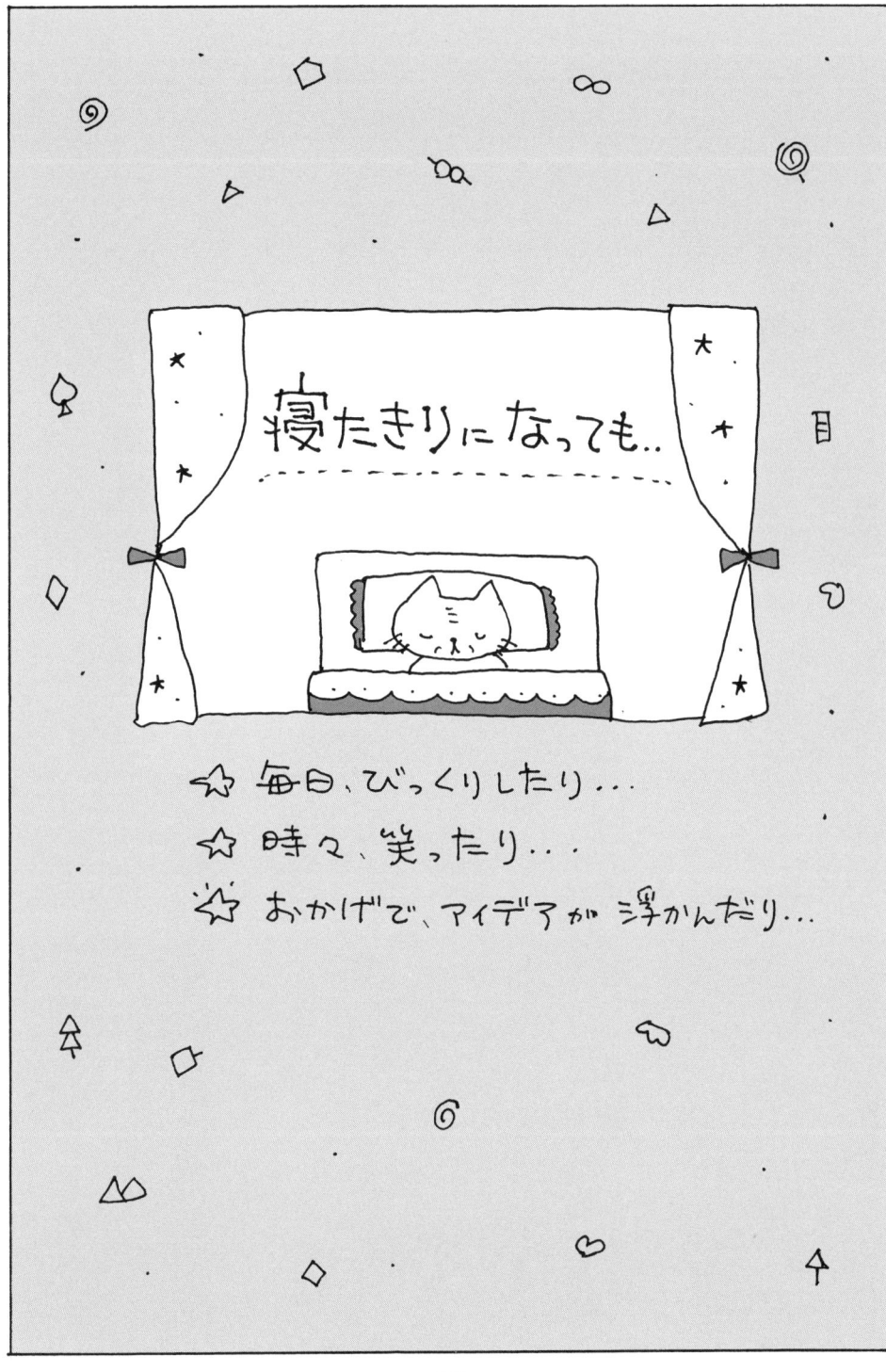

☆ 毎日、びっくりしたり...
☆ 時々、笑ったり...
☆ おかげで、アイデアが浮かんだり...

「今は、もっと いいのが、あるらしい…。」

とら江さんは
動けないので..
トイレには
行けないので..
おむつの中では
気分的に、イヤなので
しびんに挑戦!!
でも‥‥

おしっこ出る〜

ここが肌にあたると痛い!
女性用しびん
(…当時の…)

とら江さん、挑戦したが
「ヤダヤダ、イタイ…おしっこ出ない…」と。
たま子、も、やってみたが「無理!!」と実感。
「そうだ!自分で作ってみよう!」と。

たま子の手作りしびん
ちりとりをイメージして(お尻がすっぽり入る大きさ)ボール紙で作り、ビニール袋をかぶせて、中にペット用トイレシーツを敷いた。

最近はいい物が出来たそうです。

それを
使ってみたけど..
‥‥
出来なくて..
‥‥
結局、おむつの中で。
でも、本当は、歩いて
トイレに行きたい!
ですね…

おしっこ
もれそう…

おむつの中で、していいからね。
すぐ取りかえるから大丈夫。

たま子は、ちりとりにすっぽりお尻が入り..出来そう!と思ったけど…ね.

☆☆どうしよう……♪ 眠り姫？？♪

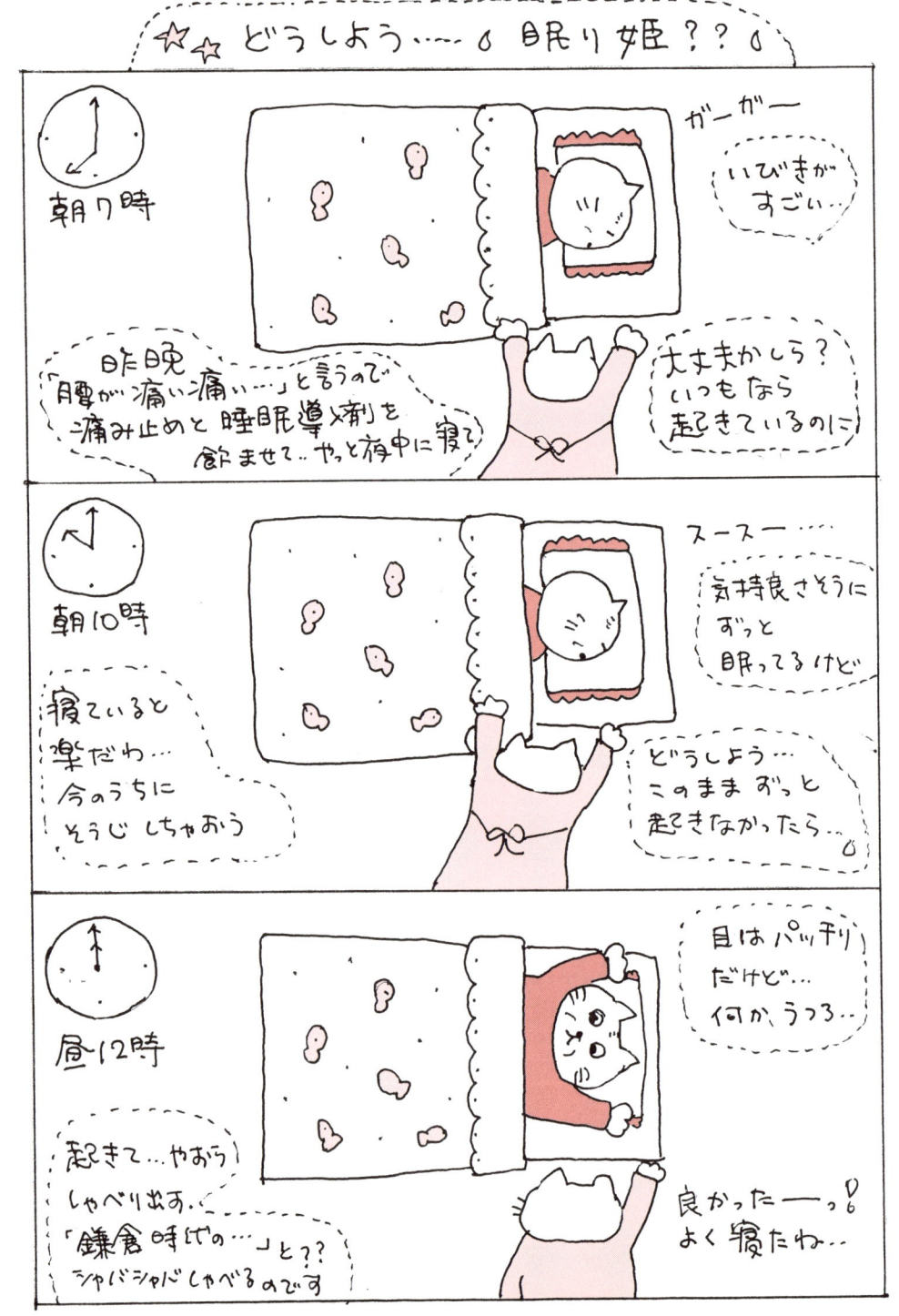

朝9時 ガーガー
いびきがすごい…
昨晩「腰が痛い痛い…」と言うので痛み止めと睡眠導入剤を飲ませて、やっと夜中に寝て
大丈夫かしら？いつもなら起きているのに

朝10時 スースー……
気持良さそうにずっと眠ってるけど
寝ていると楽だわ…今のうちにそうじしちゃおう
どうしよう…このままずっと起きなかったら…♪

昼12時
目はパッチリだけど…何か、うつろ…
起きて…やおらしゃべり出す。「鎌倉時代の…」と？？シャバシャバしゃべるのです
良かったーっ♪よく寝たわ…

かとちゃん？？ぺっ

朝7時

起きたら、すぐに
歯みがき
舌みがき（やさしく）

→ 入れ歯 洗浄中

おっとっと…
うがいの水も
ゴクンと
飲んじゃう…。

ぶくぶく
するだけよ…

もう1回ね。
ぶくぶくして
お水は、この中に
出してね！と
言っても、4リ、まあ、いっか…

笑っちゃい
ました。

「ペッ ペッ」
と、言ってしまう。
かとちゃんペッ
みたいです

◆ 来客には 上品… ◆

こんにちは..

ZZ……
スヤスヤ

(しんせきの)
よしえちゃんが
来てくれたよ…

いつもより..
ずっと…
上品？

急にパッチリ、
急にニッコリ

あっとう..
ありがとう…

お元気そうですね！
お服もツルツル！で。

おばあちゃん
じゃなくて
おばちゃん､って
いうのが
うれしかった
みたい！

お花ありがとうね…

おばちゃん
またね…

よしえ
ちゃん、
ありがとう！

ちょっぴり
上から目線？

とらおは面白いよ

家政婦さんが
来られない日、
たま子が仕事に
出かける日は
近所に住んでる
とらおが
来てくれます

かあちゃん！
今日もいい天気だね！

なぜか…
寝たふり

こう見えて…
とらおは…
作家です。
そんなに
売れてないけど…
一所懸命
でーす

かあちゃん…
いないいない…

あたしゃ
赤ちゃん
じゃない
よー

とらおは
年取ってからの
子供で、
初めて男の子
なので
可愛いがり過ぎ
大人になっても
子供？

ばあーっ！

全然
気にせず
寝て
しまった…

とらおの嫁 のとび子さん

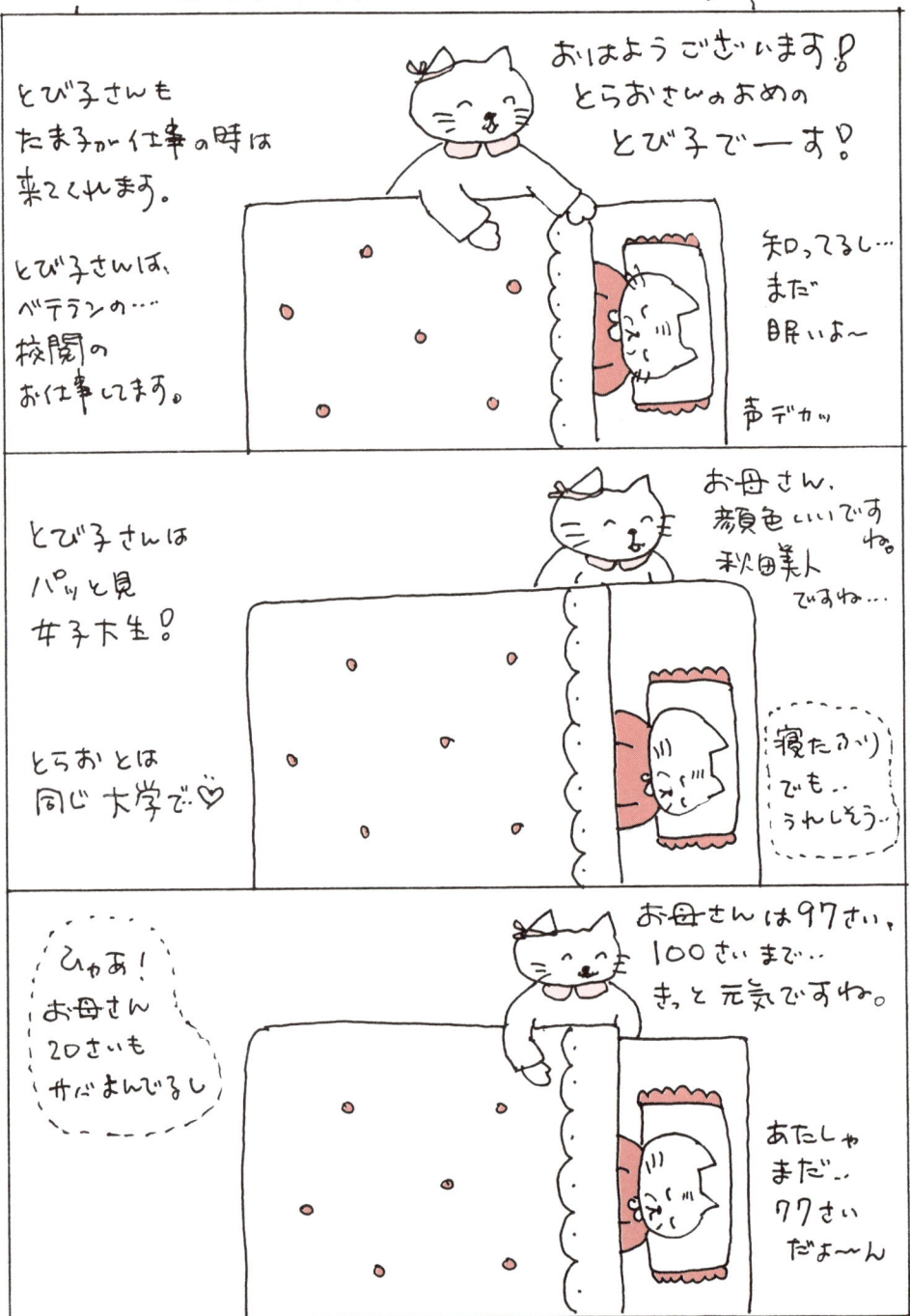

とび子さんも
たまるが仕事の時は
来てくれます。

とび子さんは、
ベテランの…
校閲の
お仕事してます。

おはようございます！
とらおさんのよめの
とび子でーす！

知ってるし…
まだ
眠いよ〜

声デカッ

とび子さんは
パッと見
女子大生！

とらおとは
同じ大学で♡

お母さん、
顔色いいですね
秋田美人
ですね…

寝たふり
でも…
うれしそう

ひゃあ！
お母さん
20さいも
サバよんでるし

お母さんは97さい、
100さいまで…
きっと元気ですね。

あたしゃ
まだ…
77さい
だよ〜ん

♪ とび子さんは面白い⁉ ♪

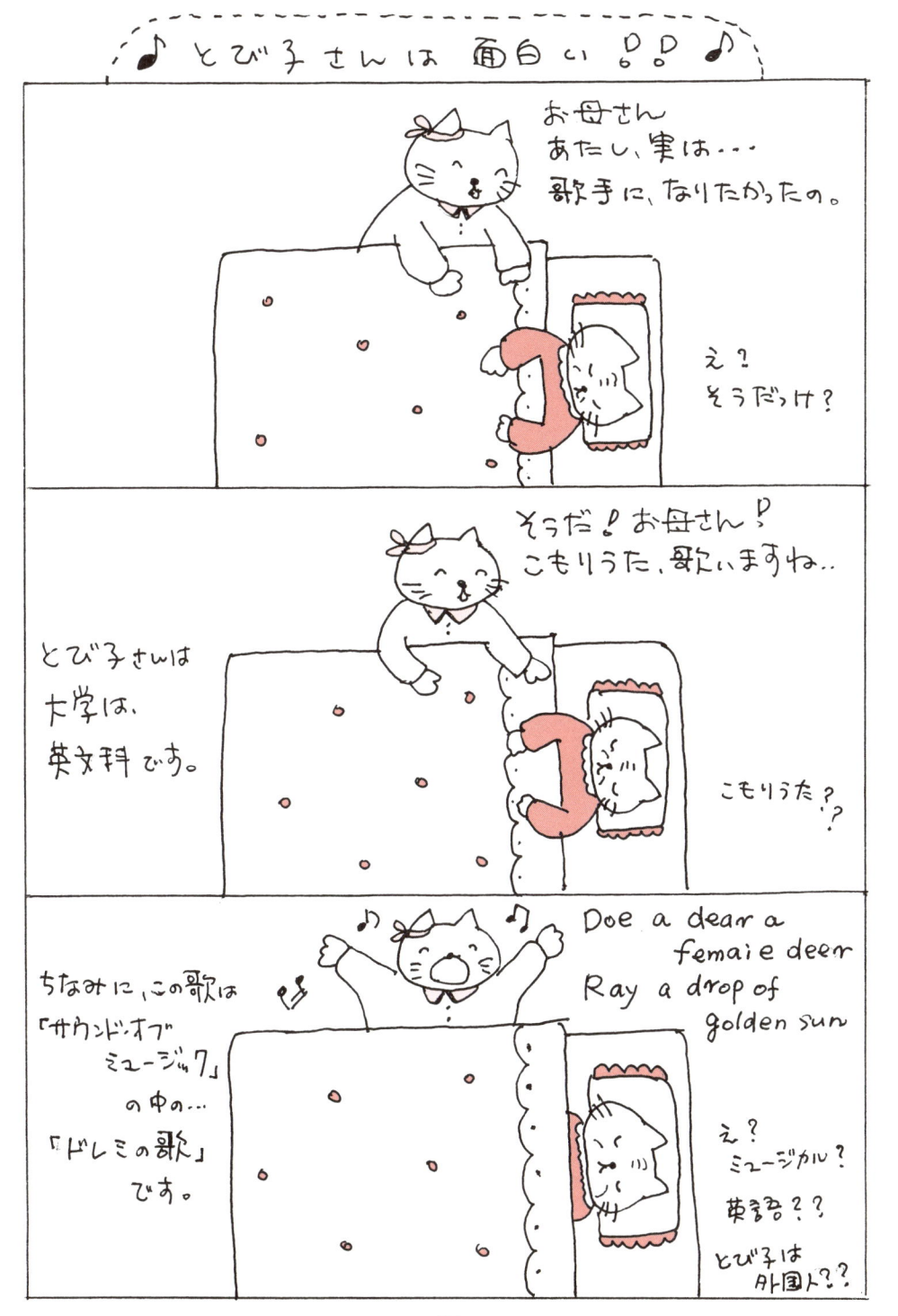

お母さん
あたし、実は…
歌手に、なりたかったの。

え？
そうだっけ？

そうだ！お母さん！
こもりうた、歌いますね…

とび子さんは
大学は、
英文科です。

こもりうた？

Doe a dear a
femaie deer
Ray a drop of
golden sun

ちなみに、この歌は
「サウンド・オブ・
ミュージック」
の中の…
「ドレミの歌」
です。

え？
ミュージカル？
英語？？
とび子は
外国人？？

★ 寝言 が リアル… 🌙

夜9時

やっと眠りました。
どうぞ、起きませんように…

ふしぎな
リズムで
パン
パン
パン
手つづみ？

パンパンパン

キャーッ
起きちゃったの？

夢で…
魚焼いて
食べてるのかな？

父さん..
魚、焼くかい？
‥‥
さかな…
やく？

あれ？眠ってる？寝言？？

おやつパワー

このまま寝言を言い続けてたら..
何か...心配...

寝言??
大丈夫かな?

×△口∞
○×△8∞
??

そうだ！
おやつ！
大きな声で
言ってみた。

うん、うん
食べるよー

お母さん!
コーヒーゼリー
食べる?

コーヒーゼリー

おやつには
元気になる
パワーが
ありました!

美味しい..
らしく
ニコニコ
して
舌をペロ
ペロ
ペロッ
と。

全部
食べました!

お部屋も、ステキに…

♡寝ていても、まわりは…
･･･････よく見えます！
･･･････よく聞こえます！
･･･････匂います

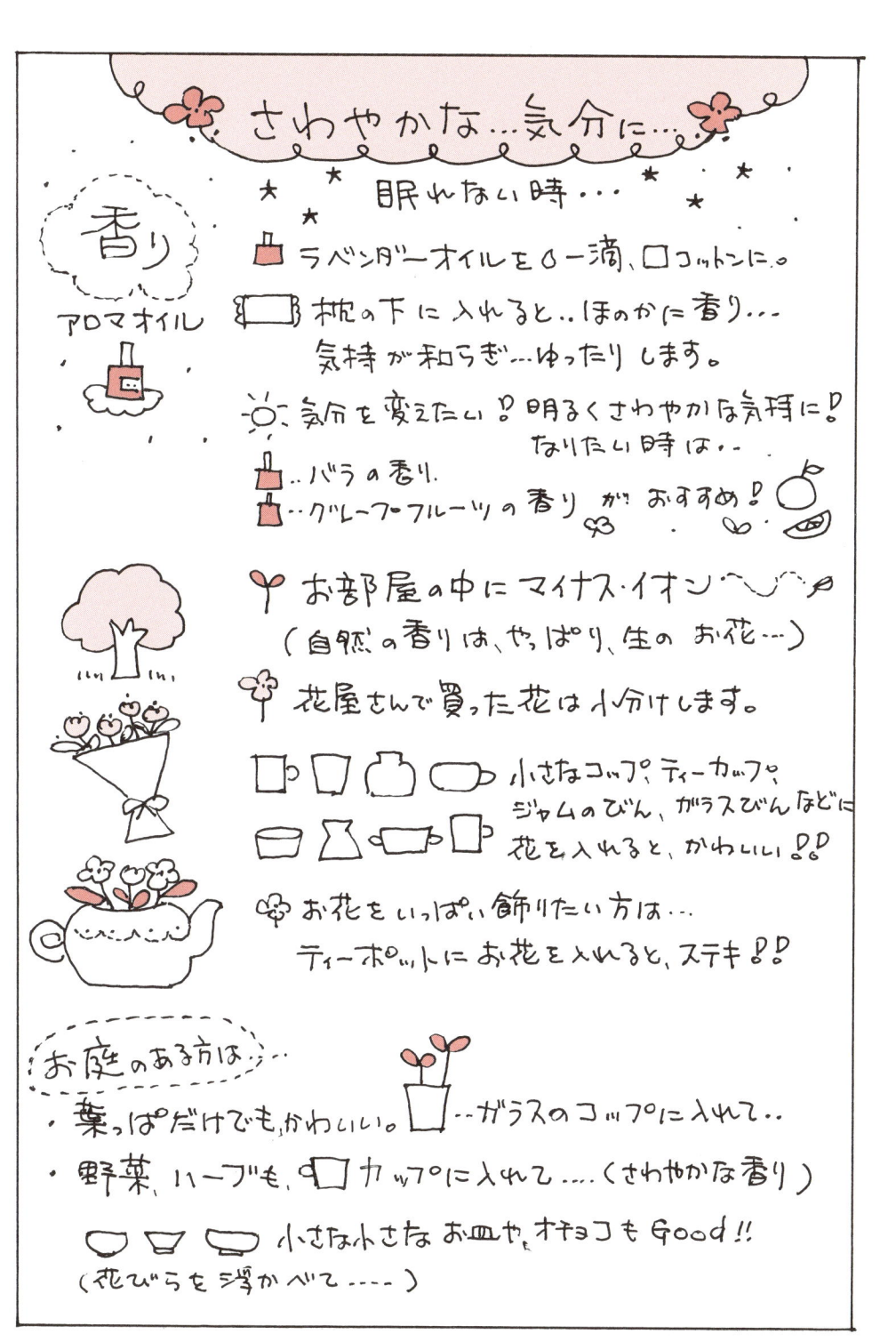

さわやかな…気分に…

香り
アロマオイル

眠れない時…
- ラベンダーオイルを一滴、コットンに。
- 枕の下に入れると…ほのかに香り…気持が和らぎ…ゆったりします。

気分を変えたい♪ 明るくさわやかな気持に♪ なりたい時は…
- …バラの香り.
- …グレープフルーツの香り が おすすめ♪

お部屋の中にマイナス・イオン
（自然の香りは、やっぱり、生の お花…）

花屋さんで買った花は小分けします。

小さなコップ、ティーカップ、ジャムのびん、ガラスびん などに 花を入れると、かわいい♪♪

お花をいっぱい飾りたい方は…
ティーポットにお花を入れると、ステキ♪♪

お庭のある方は…
- 葉っぱだけでも、かわいい。…ガラスのコップに入れて..
- 野菜、ハーブも、カップに入れて…（さわやかな香り）

小さな小さな お皿や、オチョコも Good!!
（花びらを浮かべて……）

ベッドのお部屋は、楽しく、明るく♪

押し入れは開放して、お部屋を広く使います。

- ふすまは…はずします。
- 両側にカーテンを！
- 中は…見せる♡収納です。

{ 上段…本棚スペースを作り、人形やぬいぐるみを。
{ 下段…細かい物は、かごや箱に。

ミニテーブル

ふわふわマット

たま子がすわって、お世話する時ひざにやさしくふわふわマット。

↑ ひき出しに、ポストカードを貼る。（美しい絵や写真の）

押し入れを...手作りリフォーム

1 ……ふすまは全部はずして！（粗大ゴミで出す）
2 ……中の床、壁をきれいにふいて！
3 ……中の床、壁に壁紙を貼ります。（壁だけでもOK）
4 ……カーテンレールをつけて、カーテンを！（両端で、まとめる）
5 ……押し入れの中も お部屋の延長 だと思って！
　　　（ドールハウスを作る...という気持で）

小物を入れる箱を作りましょう！

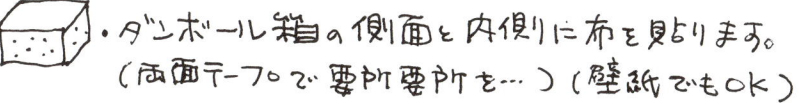

- ダンボール箱の側面を内側に布を貼ります。
  （両面テープで要所要所を...）（壁紙でもOK）
- 箱のふちにレースリボンを貼ります。（両面テープか手芸用ボンドで）

- 色々な模様の布や、レースやリボンでオシャレな箱に
- 箱の中には、タオルや紙オムツや薬を入れるので、中は、いつも、きれいに しておきましょう！

- カゴも オシャレに 飾りましょう！
- 両端にリボンをつけたり 布でフリルをつけたり...
　　　　　　　　　　　（手芸用ボンドで）

押し入れをリフォームしてみたら...
何と！お部屋がすごーーく広くなったみたい！
お部屋 全体の色のトーンを考えて...
　　いろいろ飾るのが、楽しくなりました！

♡ ベッドのそばに、ミニ・テーブル ♡

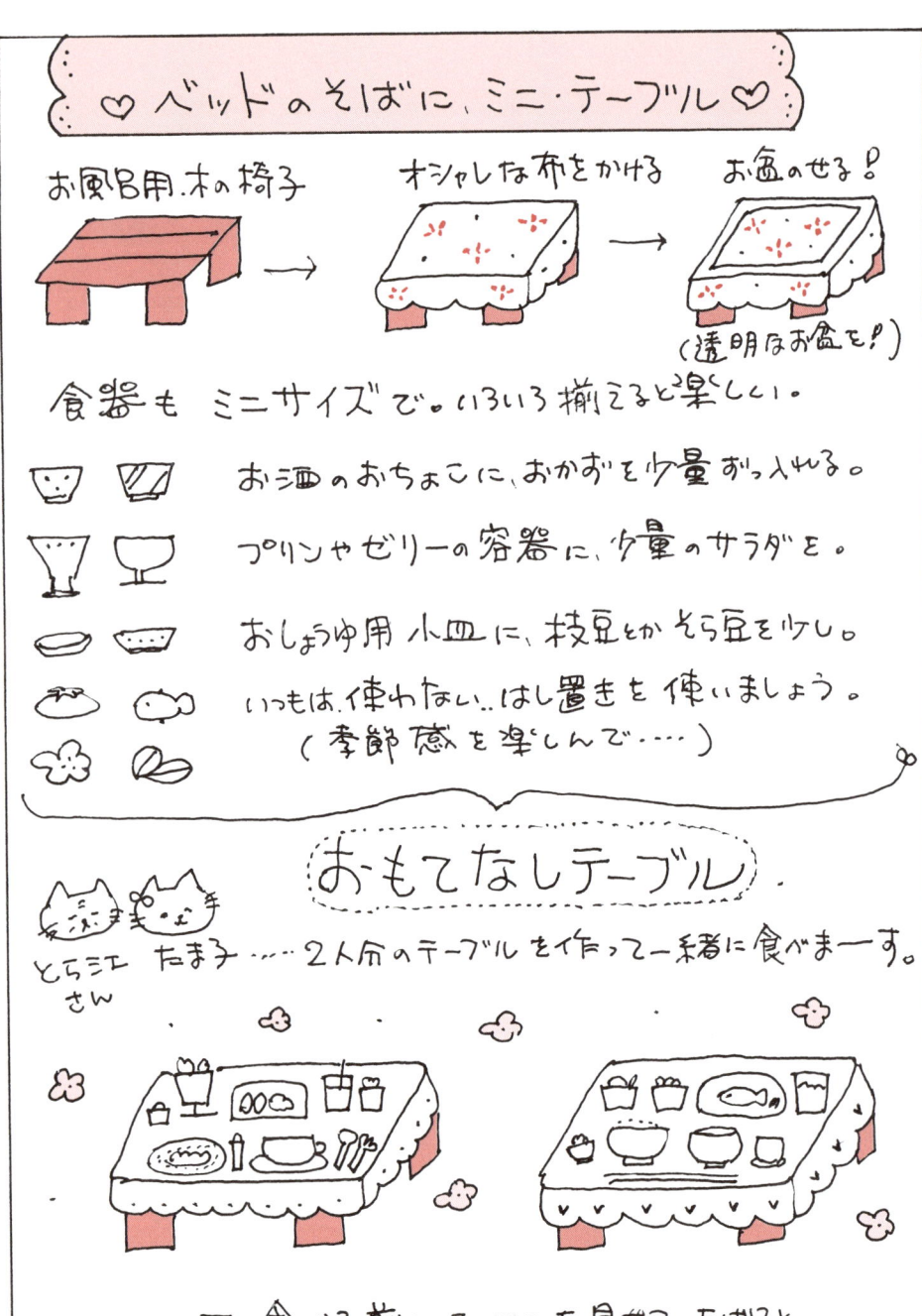

お風呂用 木の椅子 → オシャレな布をかける → お盆のせる！
（透明なお盆を！）

食器も ミニサイズで。いろいろ揃えると楽しい。

お酒のおちょこに、おかずを少量ずつ入れる。

プリンやゼリーの容器に、少量のサラダを。

おしょうゆ用小皿に、枝豆とかそら豆を少し。

いつもは使わない..はし置きを使いましょう。
（季節感を楽しんで……）

おもてなしテーブル

とらジエさん　たま子　……2人分のテーブルを作って一緒に食べまーす。

食べる前にテーブルを見せてあげると…
「うわあーっ」「食べたい！」という気持に。

♪♫ おやつタイムは…好きな音楽を！♪

ベッドを起こせる時は、ティーカップで。
ティーカップの無理な方はチューブストローカップで。

ケーキを見ると元気になります！
(ひとくちずつ…ゆっくり食べると幸福に…

そうです…♡ Tea Time ♡ には…

とらうえさんが大好きな歌手の曲を！
♡ 秋川 雅史さんの大ファン ♡
(「千の風になって」他、いろいろ～)

お昼寝タイムは…オルゴール演奏のCDを
聞いていると…すやすや……やさしく…

自然の音にも耳をすませてね……
…朝は小鳥のさえずりも聞こえて……
…雨の日は、雨粒が葉っぱに降る音…

窓を開けると、さわやかな風が……

外で遊ぶ子供たちの声も音楽？？

ごちそう みたい♪

10分で 作れちゃう♪

簡単で… 美味しい♪ 体にやさしい♪

お年寄りで 歯がちょっと…。 でも、大丈夫

稲庭うどんでイタリアン

豆乳…スープパスタ風

♡ やさしい味で、体にも、やさしい。

（材料）2人分
- 豆乳 180ml 1パック
- しいたけ 2つ（🍄→細切り）
- キャベツ 2枚（やや小さめのザク切り）
- ほうれん草 少々（2cmに切る）
- 生ハム 2枚
- 白ワイン 小さじ2
- 塩・こしょう 少々　　にんにく 1かけ
- こぶ茶 小さじ1　　オリーブオイル 少々
- 稲庭うどん（ゆで）1袋　パルメザンチーズ

作り方

1 フライパンにオリーブオイルを少々入れて、にんにく（1かけを輪切りにして）を炒める。

2 にんにくは取り出して、しいたけ・キャベツ・ほうれん草を一緒に炒める。（塩・こしょうで）

3 白ワイン小さじ2を入れ、中火でサッと混ぜる。

4 豆乳1パックを入れ、こぶ茶小さじ1を入れ中火でサッサと混ぜる。

5 稲庭うどんをお湯でほぐしてから入れる。

6 中火でうどんと具をからめて、出来上がり

7 お皿によそってから生ハム（食べやすい大きさに切って）入れて、サッと混ぜる。
（熱いうちに混ぜて生ハムも食べやすく…）

ちょっとうす味かなって思ったら…レモンをしぼってかけると… Goodよ!!

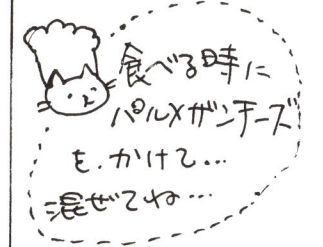

食べる時にパルメザンチーズをかけて…混ぜてね…

しいたけが あれば… OK

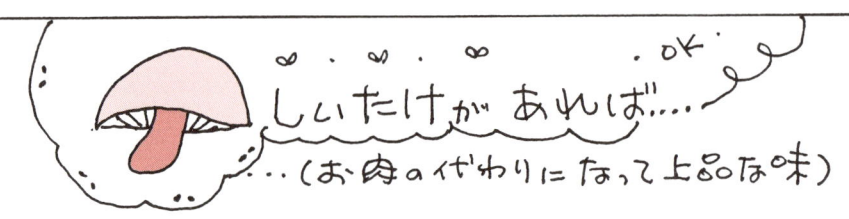

(お肉のかわりになって上品な味)

しいたけ豆腐

[材料] 2人分
- しいたけ　　　2枚
- 豆腐(絹)　　　半丁
- しょうが……1かけ
- ハチミツ……大さじ1
- 日本酒……大さじ1
- しょうゆ……大さじ1
- 水………………大さじ1

♡つけ合わせに…
- ほうれん草…適量

作り方

① …… しいたけ 2枚を細切り
しょうがを千切り

② ・おなべに しいたけ しょうがを入れて
…しょうゆ・日本酒を入れ、ハチミツを入れ
混ぜながら、お水も入れて、中火で1分。

③ ・豆腐を切る { 大きめに切った方が 美味しいです }

④ ・②のおなべに 切った豆腐を入れて、
やさしく混ぜながら…
豆腐に汁をひたすらかける。

⑤ ゆでた、ほうれん草を、食べやすい大きさに切る。

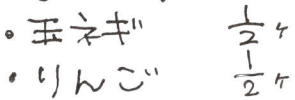

ハヤシライス

お肉入れずに さわやか味

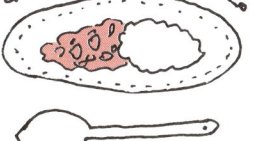

（材料）2人分
- しいたけ　2枚
- 玉ネギ　1/2ヶ
- りんご　1/2ヶ
- バナナ　1本

- 赤ワイン …大さじ1
- ハチミツ …小さじ1
- ヨーグルト …小さじ1
- ハヤシライスの素 ルー 2かけ
- バター　少々
- 塩　少々
- こしょう　少々
- 水 カップ1

作り方

① … しいたけ、玉ネギは細切りにして、バターで炒める。
　（塩・こしょうをしながら）
② … りんごを▽型に切って①に入れる。
③ … 赤ワイン大さじ1を入れて、中火でさっと混ぜる。
④ … 水カップ1を入れて、弱火でぐつぐつ5分煮る。
⑤ … ハヤシライスのルーを2かけ入れ、中火で混ぜる。
　（ゆっくり、ゆっくり、おたまでかき混ぜる）
⑥ … ヨーグルト小さじ1を入れて混ぜる。
⑦ … ハチミツ小さじ1を入れて、かき混ぜる。
⑧ … バナナを輪切りにして入れ、かき混ぜる。（中火で1分）

- りんごは便秘に効きま～す。
- バナナは甘みが出て美味し～い
- ヨーグルトは、お腹にやさしい。

お味噌汁も時々イメージチェンジ

稲庭うどん で… お楽しみランチに

〈材料〉2人分
- しいたけ　2枚
- ほうれん草　少々
- しょうが　1かけ
- おぼろ昆布　少々
- こぶ茶　小さじ1
- 味噌　少しずつ入れて味見
- だしの素　少々　・水 2カップ
- 稲庭うどん 1袋（ゆでたもの）

作り方

1. おなべに水カップ2入れる。
2. しいたけを細切りにして入れ 中火1分
3. だしの素、こぶ茶を入れ、中火で1分
4. うどんをお湯でほぐして、入れる。中火で1分
5. 味噌を適量（大さじ1/2）入れて溶かす（おたまの中で）
6. おわんに入れる。
7. ゆでたほうれん草を2cmくらいに切って入れる。
8. しょうがをすってまん中に。
9. おぼろ昆布を少し入れる。

お味噌汁が しょうががピリッときいて… 美味しいです

どんぶりは重いのでおわんに。

ゆでうどん(細)で、パスタ気分に♪♪

トマトスープ パスタ風（うどんで…）

🍅 野菜たっぷりで、さっぱり味。

(材料) 2人分
- トマトジュース 1缶（小さな1パック）
- トマト 小1こ
- しいたけ 2まい
- ブロッコリー 少量（食べられる量で）
- しょうが 少々
- にんにく 少々
- パルメザンチーズ
- ゆでうどん(細)

塩 少々
こしょう 少々
オリーブオイル 小さじ2

作り方

1. フライパンにオリーブオイルを入れる。しょうが、にんにく みじん切りをいためる。

2. 細切りにしたしいたけをいためる。（塩・こしょうする）

3. 細かく切ったトマトを入れ、一緒にいためる。

4. ブロッコリーは食べやすく小さくして、ゆでる。

5. トマトジュース1缶か1パック入れて中火で1分。（しいたけ・トマト・ブロッコリーを混ぜながら）

6. うどんを3cmくらいに切り、入れて、中火2分。

7. お皿に盛りつけてからパルメザンチーズをふりかける。
（お皿は深めで。トマトスープを飲みながら食べると、美味しい♪）

> うどんを短く切って入れるとマカロニみたいで食べやすいよ〜

おしょうゆを少量で、煮魚が美味しく…

塩分ひかえめで、体に良いし…

ぶり大根

黒酢ジュースで
お魚の匂いも
取れて…
さっぱり味です

(材料) 2人分
- ぶり切身　2切
- 大根（輪切り1.5cmくらい）2
- しょうが　　1かけ（千切り）
- わけぎ（小ネギ）少々
- ♡ 黒酢ジュース 180ml 1パック
- しょうゆ 大さじ1
- 日本酒 大さじ1
- ハチミツ 小さじ1

作り方

1. 大根を1/2に切り、ひたひたの水でコトコト煮ます。（中火～弱火で）（柔らかくなるまで…）
2. ぶり切身を半分に切り、お湯をかけます。
3. 別なべにぶりをいれ、しょうゆ、酒を入れて中火で1分コトコト煮ます。（しょうがもいれて）
4. 更に、大根をいれて黒酢ジュースを入れて中火で1分。
5. ハチミツを入れてかきまぜ、ひと煮たちさせたら、お皿に盛りつけ。
6. 細かく切ったわけぎをぱらぱらとふりかける。

大根をうすく切ると、はやく煮えます♪

お刺身の残りも、美味しく♪♪

次の日も、メインのおかずになる。

ごはんがすすむ… 煮魚に

(材料)
・お刺身の残り (かつおやまぐろ)
・しょうが 1かけ (かつおの場合)
・わさび 少々 (まぐろの場合)
・しょうゆ 適量
・日本酒 少々
・砂糖 小さじ1

(作り方)

※ お刺身のつま (大根) が残っていたら、一緒に、おなべの中に入れて煮ます。

1 おなべにお刺身を入れる (つまも)
2 しょうゆ、しょうが (又はわさび) を入れて酒 (少々)、砂糖 小さじ1を入れて、そっと混ぜながら、中火で1分。
3 お刺身の色が変わったら 出来上がり。

(他メニュー)
♡ 白身のお刺身は、しょうが汁をかけて、グレープフルーツ (1房ずつむいて) と、キュウリの千切りと混ぜ… おしょうゆ 小さじ$\frac{1}{2}$をかけ、レモン汁を、たっぷりかけてね♪
…さわやかな サラダ風になります。
オシャレな

おしょうゆを入れすぎると体に良くないので…水で少しうすめて!!
その分、しょうがやわさびを多めにすれば、大丈夫!!
美味しいでる

ミニミニ♥手芸で…♥
〜ストレス発散〜

- ほんのちょっとした時間で出来ます。
- 病室でも、出来ます。
- お部屋の中が明るくなります。
- 針を使わないので安心。

暖かい 手くび シュシュ

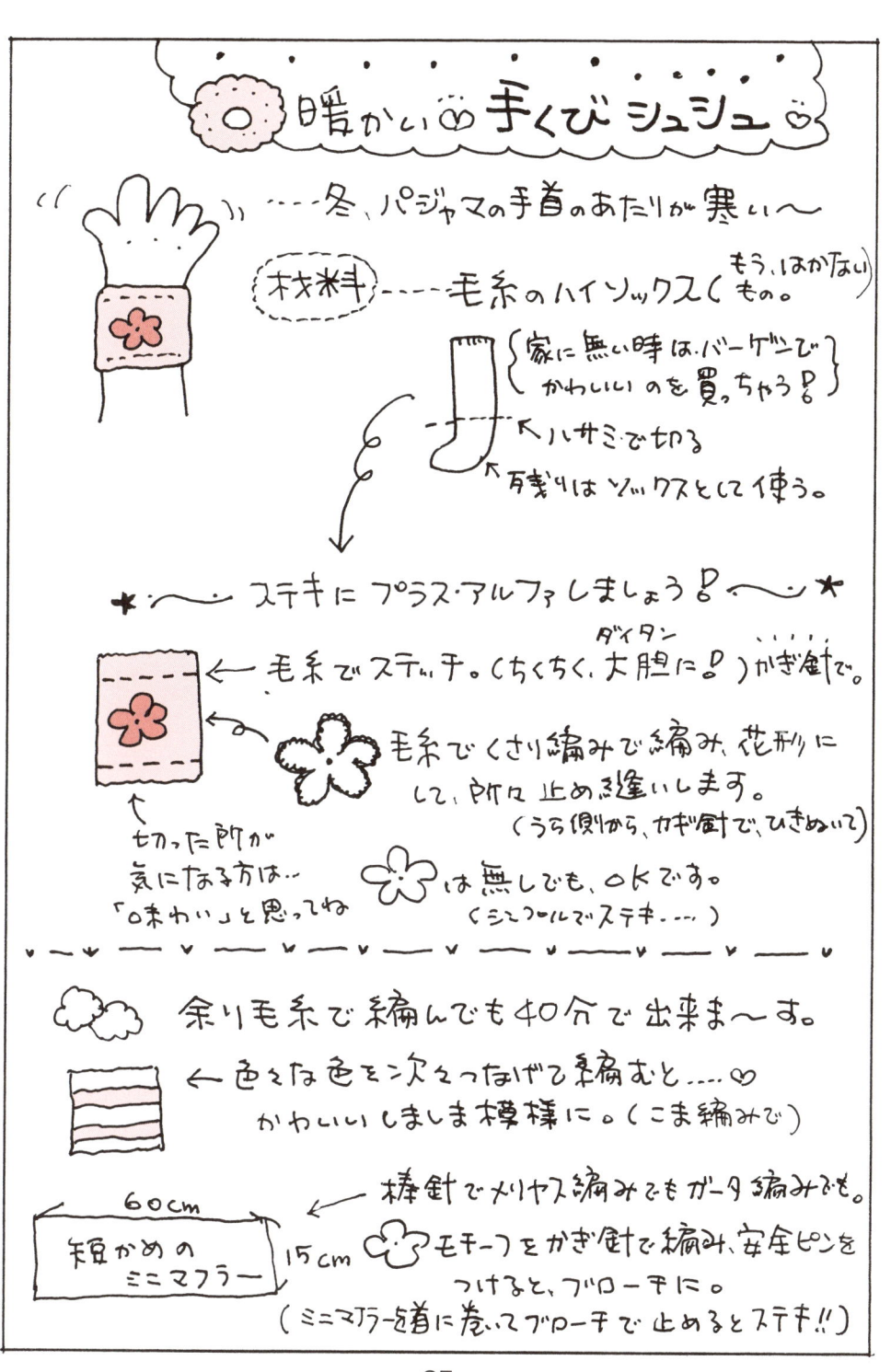

…冬、パジャマの手首のあたりが寒い～

材料…… 毛糸のハイソックス（もう、はかないもの。）

｛家に無い時は、バーゲンでかわいいのを買っちゃう？｝

←ハサミで切る
←残りはソックスとして使う。

* ～ ステキにプラス・アルファしましょう♪ ～ *

←毛糸でステッチ。（ちくちく、大胆に♪）かぎ針で。（ダイタン）

←毛糸でくさり編みで編み、花形にして、所々 止め縫いします。
（うら側から、カギ針で、ひきぬいて）

切った所が気になる方は…「味わい」と思ってね

🌸は無しでも、OKです。
（シンプルでステキ…）

余り毛糸で編んでも40分で出来ま～す。

←色々な色を次々つなげて編むと……♡
かわいいしましま模様に。（こま編みで）

60cm / 15cm 短かめのミニマフラー

←棒針でメリヤス編みでもガータ編みでも。
モチーフをかぎ針で編み、安全ピンをつけると、ブローチに。
（ミニマフラー首に巻いてブローチで止めるとステキ!!）

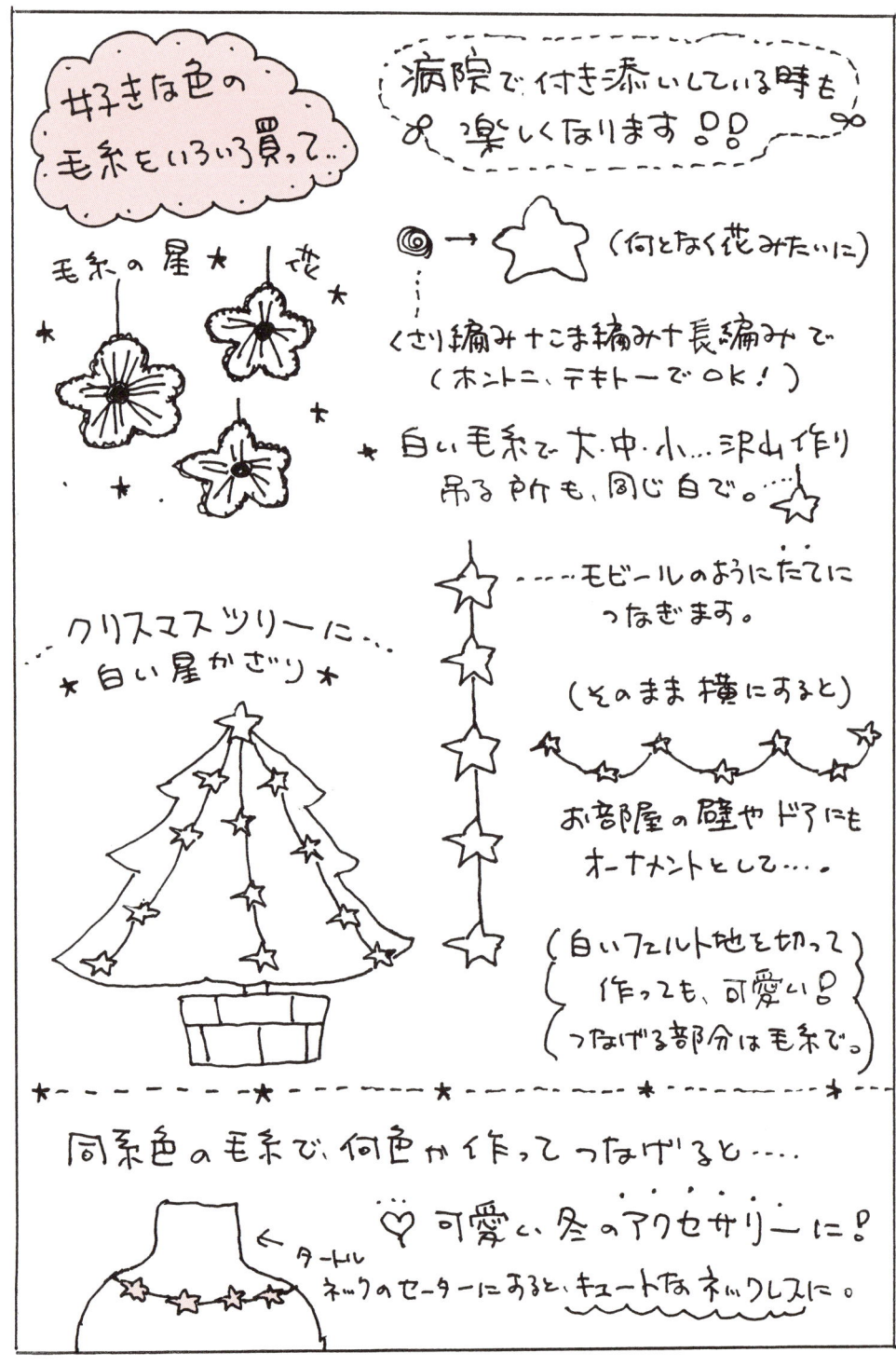

好きな色の毛糸をいろいろ買って…

病院で付き添いしている時も楽しくなります♪♪

毛糸の星 ★ 花

◎ → ☆ （何となく花みたいに）

くさり編み＋こま編み＋長編みで
（ホントに、テキトーでOK！）

★ 白い毛糸で 大・中・小… 沢山作り
吊る所も、同じ白で。

----- モビールのようにたてにつなぎます。

（そのまま横にすると）

クリスマスツリーに…
★ 白い星かざり ★

お部屋の壁やドアにもオーナメントとして…

｛白いフェルト地を切って作っても、可愛い♪
つなげる部分は毛糸で。｝

* - - - * - - - * - - - * - - - * - - - * - - - * - - - *

同系色の毛糸で、何色か作ってつなげると…

♡ 可愛い冬のアクセサリーに！

← タートル
ネックのセーターにすると、キュートなネックレスに。

毛糸で**ボンボン**作り♪

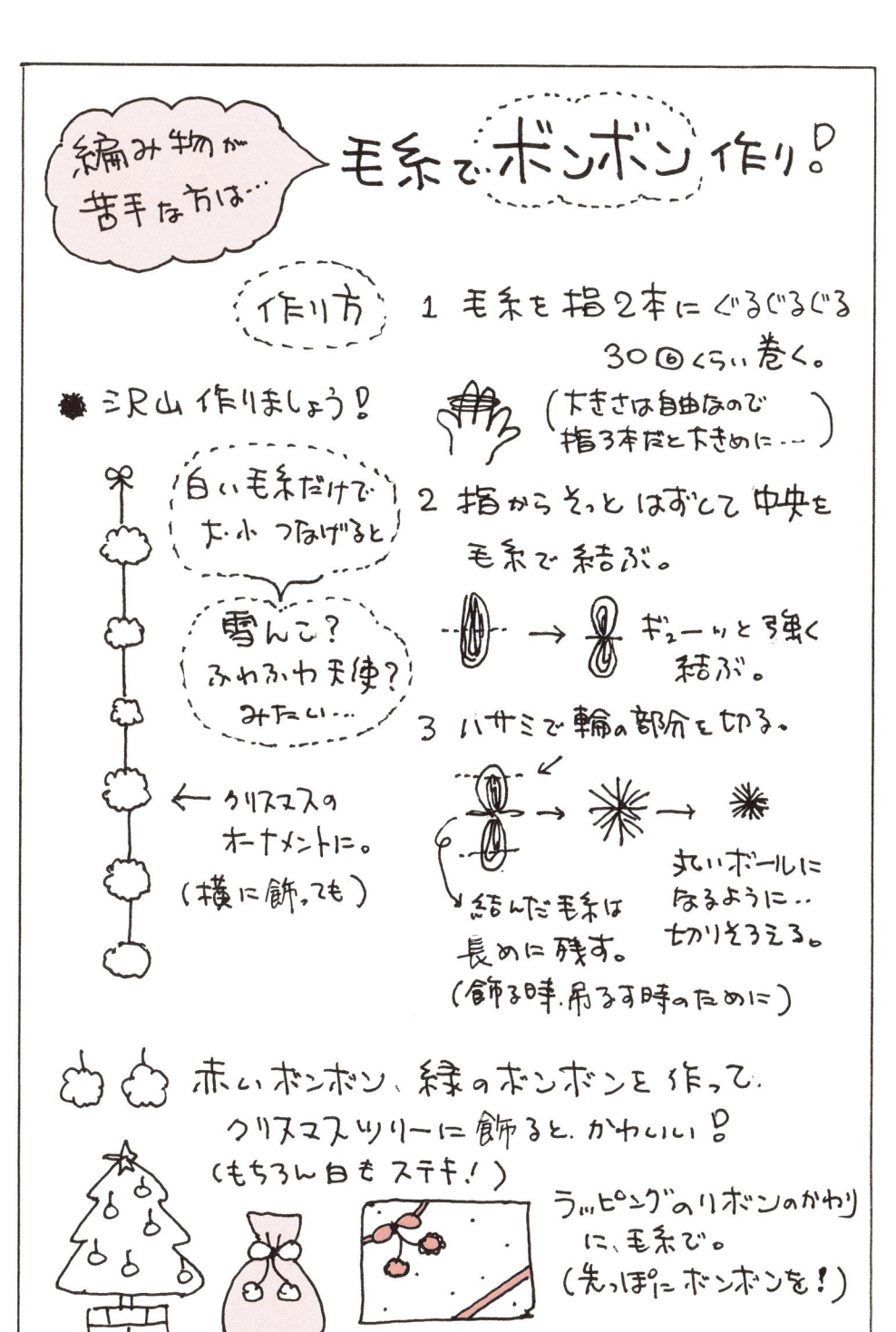

（編み物が苦手な方は…）

(作り方)

1. 毛糸を指2本にぐるぐるぐる 30回くらい巻く。
   （大きさは自由なので指3本だと大きめに…）

2. 指からそっとはずして中央を毛糸で結ぶ。
   ギューッと強く結ぶ。

3. ハサミで輪の部分を切る。
   ↓結んだ毛糸は長めに残す。
   （飾る時、吊るす時のために）
   丸いボールになるように…切りそろえる。

● 沢山作りましょう！

（白い毛糸だけで大小つなげると）
（雪んこ？ ふわふわ天使？みたい…）

← クリスマスのオーナメントに。
（横に飾っても）

赤いボンボン、緑のボンボンを作って、クリスマスツリーに飾ると、かわいい♪
（もちろん白もステキ！）

ラッピングのリボンのかわりに、毛糸で。
（先っぽにボンボンを！）

天国に行っても、

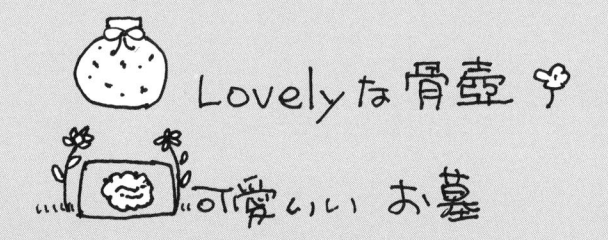

きっと、さみしく ないよ……

Lovelyな骨壺

可愛いい お墓

とら江さんは『眠れる森の美女』!♪

（いつも一緒に寝ていたのぬいぐるみ。）

♥ ひつぎの中は花園…
…お花の香りで、うっとり。
♥ とら江さんの大好きな色
…白・クリーム色・うす紫の花
緑の柔らかい葉とレース
フラワー（洋花でまとめて）
で..まるで花畑の中で….
ふんわり♡眠っているよう！

🌸 おしゃれでイギリス大好きだったので…。
🌸 リバティのかわいい花柄の木綿のネグリジェで。

わぁーっ 可愛い♡

♥ 骨壺もピンクの花もよう。
（白地にローズピンクの花）

たま子 …私もこれに入れて欲しい!!

おまけ話
・葬儀場のお部屋もイギリス風で…
・椅子が、ウィリアム・モリス柄の布張り！
・係の方々もジェントルマン風….

長井たまり …モリス研究家なので 椅子に感激していました。

お墓なのにガーデン風

- 自分のお家のお庭のような感じです
- 墓石は、ピンクがかったベージュ色
- 自分たちでお花を植え替えます

Rest in Peace

MIMY TORAE TORARO

GARDEN

Welcome

❀ペットも一緒に入れます。まわりのお墓も、個性的ですてきです!!

お墓参りというよりも..イギリス庭園散歩

ここの場所、全部が
広ーいガーデン！
(花いっぱいの…♥)

- 他の人のお墓を見学するのも楽しい
  (皆..個性的で..ステキ！)
- 何と..墓石もクリスタルだったり..色々。

♡…5.6月はバラ満開。
 (まるで..バラ園♡♡)

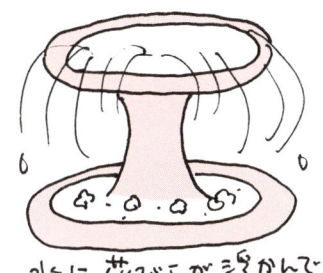

…ゆったり..ひとやすみ..

…水に花びらが浮かんで
いたり..ロマンチック♥

♡ 所々に..木製のベンチが…。
♡ 水の流れる水路があり..
   小さな噴水もあります。
   子どもたちは..水あそびしてます。

カフェテラスも.あり…♡
庭でTea Time

…の中には..ピアノがあり
コンサートも時々。

今は..
かわいいお墓の中に
ヒゲタさんととら江さんと..
猫のミミーが仲よく眠ってます。

花に
囲まれて

絵本が大好き。でした。

絵を見ている時は、ボケテマセン。

◇ 初めて好きになった絵は…♡

「いわさき ちひろさん」の絵です。

赤ちゃんの顔、小さな手、お花いっぱいの中の小さな女の子の後姿…淡い、やさしい、柔らかい…水彩画は心なごませてくれます。

『あかちゃんのくるひ』

絵・文・岩崎ちひろ （至光社刊）

☆ 表紙が…かわいい♡のです。
…水色の赤ちゃんの帽子をかぶった小さな女の子の表情が…キュンと胸の奥に伝わってきます。
（お部屋に飾っていたい！本…）

『ひさの星』

★ 秋田弁で書かれた切ないお話 ★

☆ ひさという名の女の子を思うと悲しくて涙が…。

☆ 無口でいつも、ひかえめなひさが大雨の日に小さな男の子を命がけで助けます。が…。

絵・岩崎ちひろ
文・斎藤隆介　　（岩崎書店）

宮沢賢治『花の童話集』の絵も、いわさきちひろさんです。

お気に入りの美しい絵本

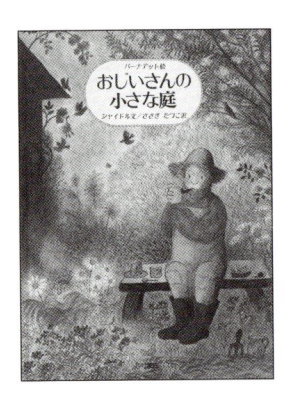

『おじいさんの小さな庭』

文・ゲルダ(G)・マリー(M)シャイドル
絵・バーナデット・ワッツ
訳・ささき たづこ　　西村書店

・・・色えんぴつのやさしい色彩で、小さな草花が繊細で美しい。
・・・動物たちにも話しかけたくなります。

『輝きの季節』
ターシャ・テューダーと子どもたちの一年

文・絵・ターシャ・テューダー
訳　・食野 雅子
　　　　　　　メディアファクトリー

・・・1〜12月の毎月の行事を家族皆で楽しく手作りしてます。
・・・自然を大切に、暖かい気持いっぱい。

『イソップ12の物語』

原作・イソップ
絵　・リスベート・ツヴェルガー
訳　・吉田 新一
　　　　　　　太平社

・・・辛口で皮肉たっぷりな表情の動物たちが、何とも、ステキ！
・・・大人っぽいセンスの良い色彩

可愛いくて、抱きしめたくなる絵本

『おたすけねこさん』

文・絵・おのちよ
　　　　　　至光社
かわいい猫のお手伝いさん。
赤ちゃんを、おんぶして、そうじ…
お風呂にも入れてあげたり。

『ブルッキーのひつじ』

文・絵・M.B.ゴフスタイン
訳・　谷川俊太郎
　　　　　　　G.C.PRESS
子羊と小さな女の子
いつも一緒で、歌ったり、本を
読んであげたり。シンプルな
線が、暖かい。

『ねこのうたたね』

文・絵・どいかや
教育画劇

『トイちゃんとミーミーとナーナー』

文・どいかや
絵・さかいあいも
アリス館

・猫との暮らしはユーモアいっぱい！
・本棚は猫棚に？ベッドは…
　猫ふとんに？笑います!!

・アップリケやししゅうで作られた絵本。お話も猫の気持がよくわかるやさしい絵本。

おしゃれな Book Box を手作り♪

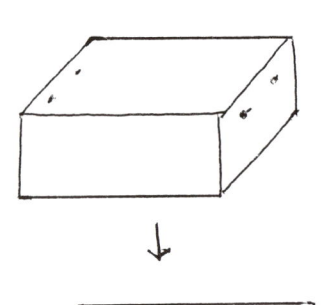

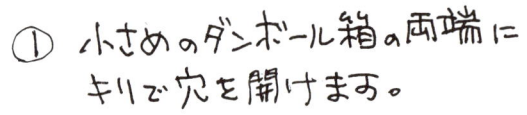

① 小さめのダンボール箱の両端に キリで穴を開けます。

② 壁紙を箱の側面と内側に 貼ります。(穴の所に印をつけて)

③ ①の穴を再度、上から、キリで開けて リボンを通し、内側に玉を作る。

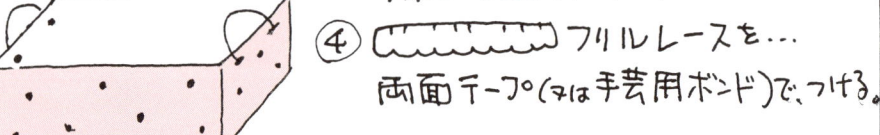

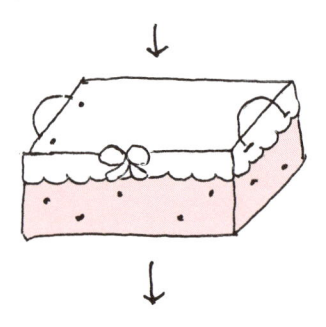

④ フリルレースを… 両面テープ(又は手芸用ボンド)でつける。

⑤ BOXの中に敷くクッションを作る。

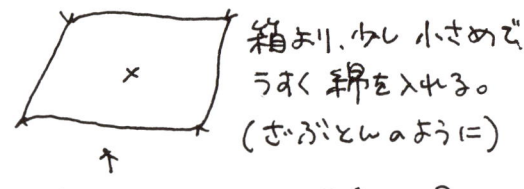

箱より、少し小さめで うすく綿を入れる。 (ざぶとんのように)

出来れば箱の色と同系色で♪

箱の中にクッションを入れると…本も喜びます♪=^・^=

♡ お気に入りの本を2〜3冊入れて…
♡ ベッドのそばに置きましょう♪
♡ 時々、入れ替えて気分をリフレッシュ。

バスケットや、かごの中に入れても、ステキ!!

お友達に本をプレゼントしましょう♪

フェルトで、かんたんに袋を手作り
(小さな絵本や、詩集、文庫本をプレゼント…)

- 本より少し大きめサイズのフェルト2枚を合わせて、まわりをザクザクぬいます。
- 糸は、袋と同系色で、濃いめの色で、ちくちくぬうと、可愛いヨ。
- 上部にハサミで切りこみ入れてリボンを通します。

↓

中に本を入れて、リボンを結びます

中に入れる本が小さい場合

キュッとしぼってリボンで結んで

布でラッピングすると、相手の方も、「大事にしましょう♪」と。他にも利用してくれます！

ウフフ
→ とらヱさん
ニコニコ
ゲラゲラ
...天国から、笑ってる！
ガハハ

とらヱさんのムスメたちは...
笑います。。
プププ

たまり... たま子... とび子.
プッ　ホホ

たま子は... あわてんぼう..

...とらヱさん亡くなり1ヶ月後...
お部屋の大そうじ中!!

はあ？いっぱい？たまる？？
あのー〇〇葬儀場ですが...

また、いっぱいたまりましたので、お願いしまーす！

もしもし先日はお世話になりました。

エッ？キャーすみません

電話帖
←葬儀場
←かたづけ屋

78

たまりは…いつでも まじめ…

救急車の中で…

「付き添いの方…あの、お名前を」

「たま…は玉三郎のたまり…はリラの花のり ちなみに全部ひらがなですけど」

「わ、わ わかりました。…細かいですね」

火葬場で

「こちらの骨は
…骨
…骨骨
…骨骨
…骨
…
で、ございます。」

「まあ、大変なお仕事ですね …よくご存じで…. ごくろうさまです…」

お墓で…ひっそり家族葬

お墓→ Rest in peace

聖書→ …コリント人への手紙より…愛は寛容であり…

けっこう長い…

たまりの 妹・弟・義妹は クリスチャンでは なく…

📖 ひとり朗読してみたら...

☆ 皆 寝静まって ホッとした時に..
☆ 小さな声で ささやくように...♡
🍵 ホットミルクティーを お気に入りの
　ティーカップで....
（トワイニングの レディ・グレイに ハマッテマス。）

声に出して読むと　清楚なワンピースを着た少女になれる？

『ソナチネの木』
詩・岸田衿子　絵・安野光雅
青土社

小鳥が一つずつ
音をくわえて　とまった木
その木を
ソナチネの木　という

わたしはえのぐをといた
昼をとっておくために
窓をみがいた
夜をとっておくために

安野光雅さんの絵が東欧の美しい壁画のようです。
岸田衿子さんの紡ぎ出す言葉は花びらのように、心に
ふわ〜っと舞い降りてきます。

声に出して読むと... うわぁ、楽しい！し...勉強になるぅ

『日本国憲法前文 お国ことば訳』
わぃわぃニャンニャン版

勝手に憲法前文をうたう会・編
写真・岩合光昭
小学館

各県の頁に各々猫がドーンと！ さすが岩合さんの写真！

〚 秋田県 にかほ市 〛

おれだ、せがいじゅうのみんなが
おんなじょうに、
おっかねごどや
びんぼなごとがなくなり、
おだやがに いぎでいぐ
やくそぐ ごとが
ちゃんと 決められで いるごどが
あるなだな、わがた。

訳者・70代男性 竹乃さん

山猫母のつぶやき
秋田のは濁音のやさしさというのをものすごく感じます。
「権利」という難しいことばを
「やくそくごと」に、「確認する」を
「あるなだな、わがた（あるのだね、わかった）」ともってきた腕はさすが年の功。

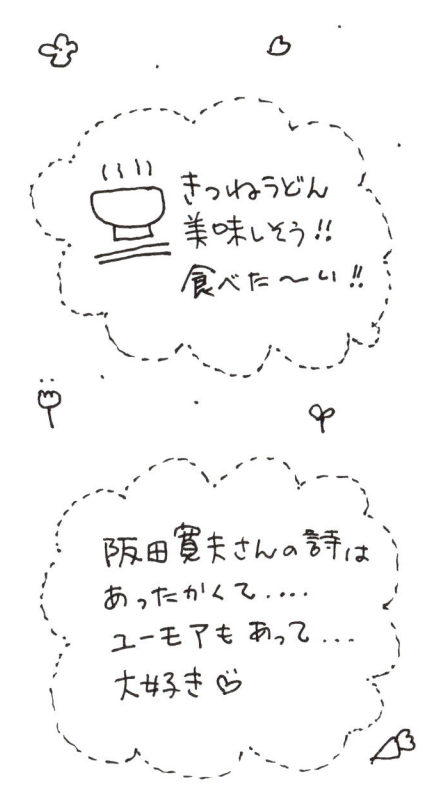

♪歌い出したくなります♪ニコニコしちゃいます

『きつねうどん』
阪田寛夫
童話屋

「きつねうどん」

> きつねうどん
> 美味しそう!!
> 食べた～い!!

きつねうどんを
しってるかい
ただのうどんじゃ
ないんだよ
ざぶとんみたいな
あぶらげが
どかんとあぐらを
かいてんだ

きつねうどんが
うまいのは
ピューピュー風の
さむい日だ
フッフー　チュルリ
フッフー　チュルリ
口とんがらせて
たべるんだ

> 阪田寛夫さんの詩は
> あったかくて...
> ユーモアもあって...
> 大好き♡

以下略

♪子どもがよく口ずさむ童謡も
沢山書いてます♪

声に出して読むと　やんちゃな男の子になれる!?

『絵童話 山ねこホテル』
文:柴野民三 絵:茂田井武
ビリケン出版

(7つのお話の短編集)〜

『ぞう ルワジイのついらく』
ぞうのルワジイは とても いじわるで らんぼうものです。ある日
「ここは ぼくが あそぶ ばしょだぞ、みんな どけどけ」といって
はなを ブルンブルン ふりまわしながら はらっぱじゅうを あばれまわりました。

以下 続きます。

茂田井さんの絵が レトロ、モダンな味わいで なつかしい秘密の お菓子みたいです

7つのお話、各々色が2〜3色で描かれ…清々しいサイダーを飲んでいる気分??

大人になってから、全文 ひらがな、っていうのは なかなか 読みづらいです。でも、それを ゆっくり 字を追って 読むと…何だか 落ちつきます

> ゆっくり ゆっくり読むと
> 体の中に やさしい風が〜

『まどみちお詩集 うちゅうの目』
詩・まど・みちお
写真・奈良美智・川内倫子
　　　長野陽一・梶井照陰
　　　　FOIL

『いちばんぼし』

いちばんぼしが でた
うちゅうの目 のようだ

ああ
うちゅうが
ぼくを みている

『ことり』
そらの
しずく？

うたの
つぼみ？

目でなら
さわっても いい？

> 詩1つ1つに ぴったりの写真が…。そこに自分がいるような気持になります

可愛い、お出かけ服みたいな本

『ちいさな ちいさな おんなのこ』
文・フィリス・クラシロフスキー
絵・ニノン
訳・福本友美子
福音館書店

カバーをはずすと、違う絵が出てきます。
黄緑とピンクの細かい絵が...
やわらかいレースのような...

少しずつ成長していく姿を
やさしいまなざしで...

ラストシーンがええーっ！？？？

ちょっぴりミステリー

『あそびましょ』
文・いしいむつみ
絵・こみねゆら
アリス館

子どもの頃に戻って 不思議な はらっぱに居る気分...
しろつめ草のかんむり...又、作りたいなあ...ラストにびっくり！

表紙に魅せられて…

『ガドルフの百合』

作 * 宮沢賢治
絵 * ささめや ゆき
偕成社

難解なストーリーも、ささめやさんの
モダンな絵に助けられ読むこと
が出来ました。表紙の百合は…
清々しく上品で見とれてしまいます

ミステリアスだけど..あたたかくて..ホロリ♡

『ふゆねこ』

文・かんの ゆうこ
絵・こみね ゆら
講談社

淋しい気持のある日、ふしぎな猫が
家にやってきて編み物を始めます。
亡くなったお母さんの代わりに……♥

(とらこえさんが‥)

天国から‥
もどってきたの？？
猫になって…？

たま子がひとりぼっちになり‥シュンとしていた時
プリンという男の子の猫が、やって来ました。

この子を…
よろしくお願いします。
元気です。
名前はプリンです
ドンドン
ドシンドシン
？？
大丈夫です。
仲よしに
なれます！
きっと…
キツイ〜〜
キャッ!!
顔…
デカッ!!
ビューン!!
バスケットの入口を
あけたとたん
すごい勢いで
飛んだ！
イノシシ？
かよっ

猫なのに...犬？

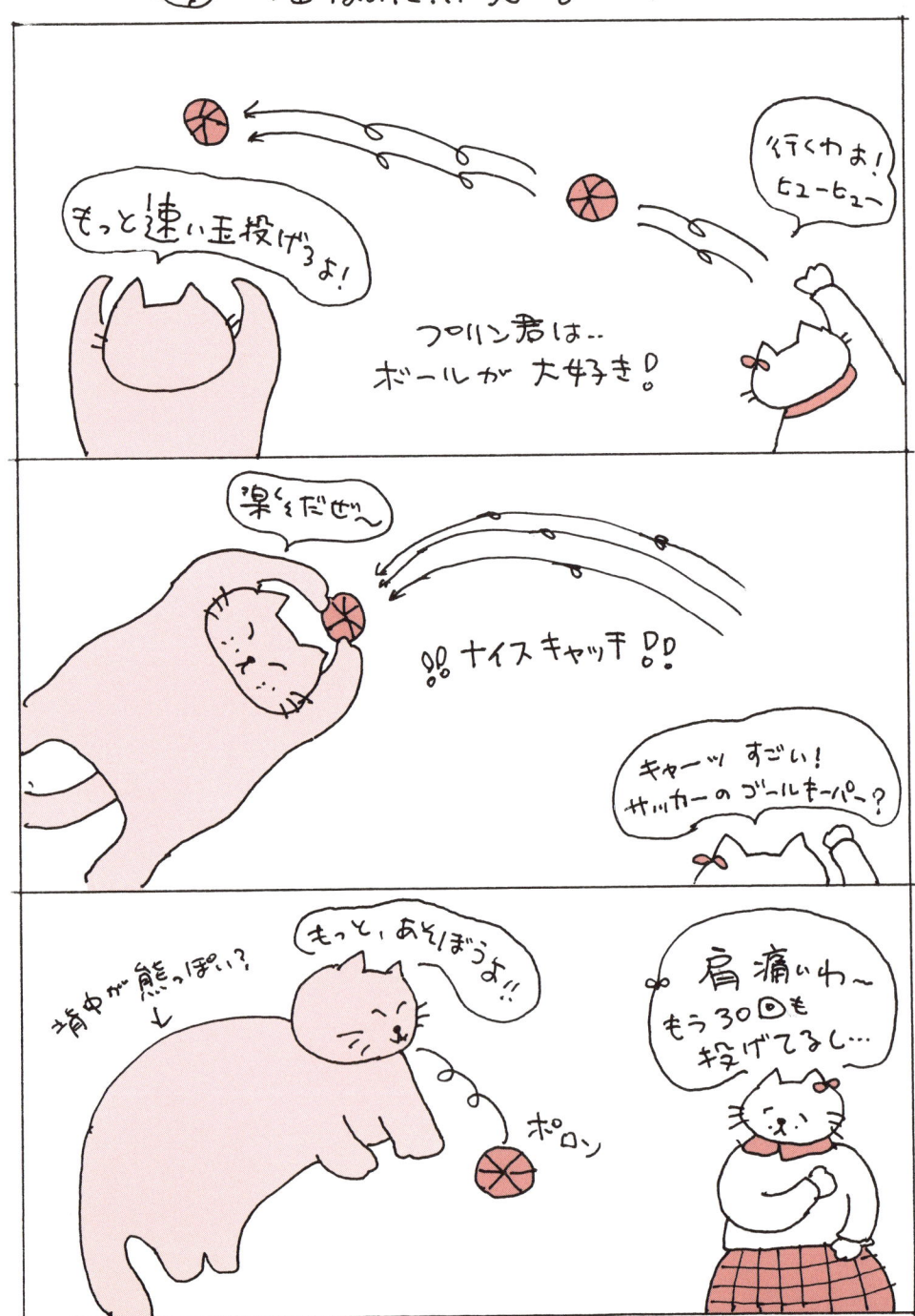

もっと速い玉投げろよ！

行くわよ！ ヒューヒュー

プリン君は..ボールが大好き！

楽くだぜ〜

!!ナイスキャッチ!!

キャーッ すごい！ サッカーのゴールキーパー？

背中が熊っぽい？

もっと、あそぼうよ!!

ポロン

肩痛いわ〜 もう30回も 投げてるし...

猫なのに… ヤギの声？

プリン君 おるすばん
パタパタ!!
化粧してもムダムダ…
おでかけしてくるね… おるすばんしててね…
ギャッ 若づくり! 別人?
いい子で待っててね…
いい子じゃねーよ メエ〜

甘えん坊？

ただいまーーっ
おそくなってゴメンネ..
(おせーーえよ…)
ニャーーーオ〜
ピコピコ
ゴメンゴメン..
おるすばんしてたのね..
そうだお〜
ゴロゴロ〜
さあ.着がえて
夕ごはんの
仕度しようっと.
待っててねー
エプロンつけないと
プリンのツメで
ガリガリされる〜わ
ガリガリ！
ニャゴ〜
ボール投げ
しようよ〜

◆ おっさん？？ ラッコ？

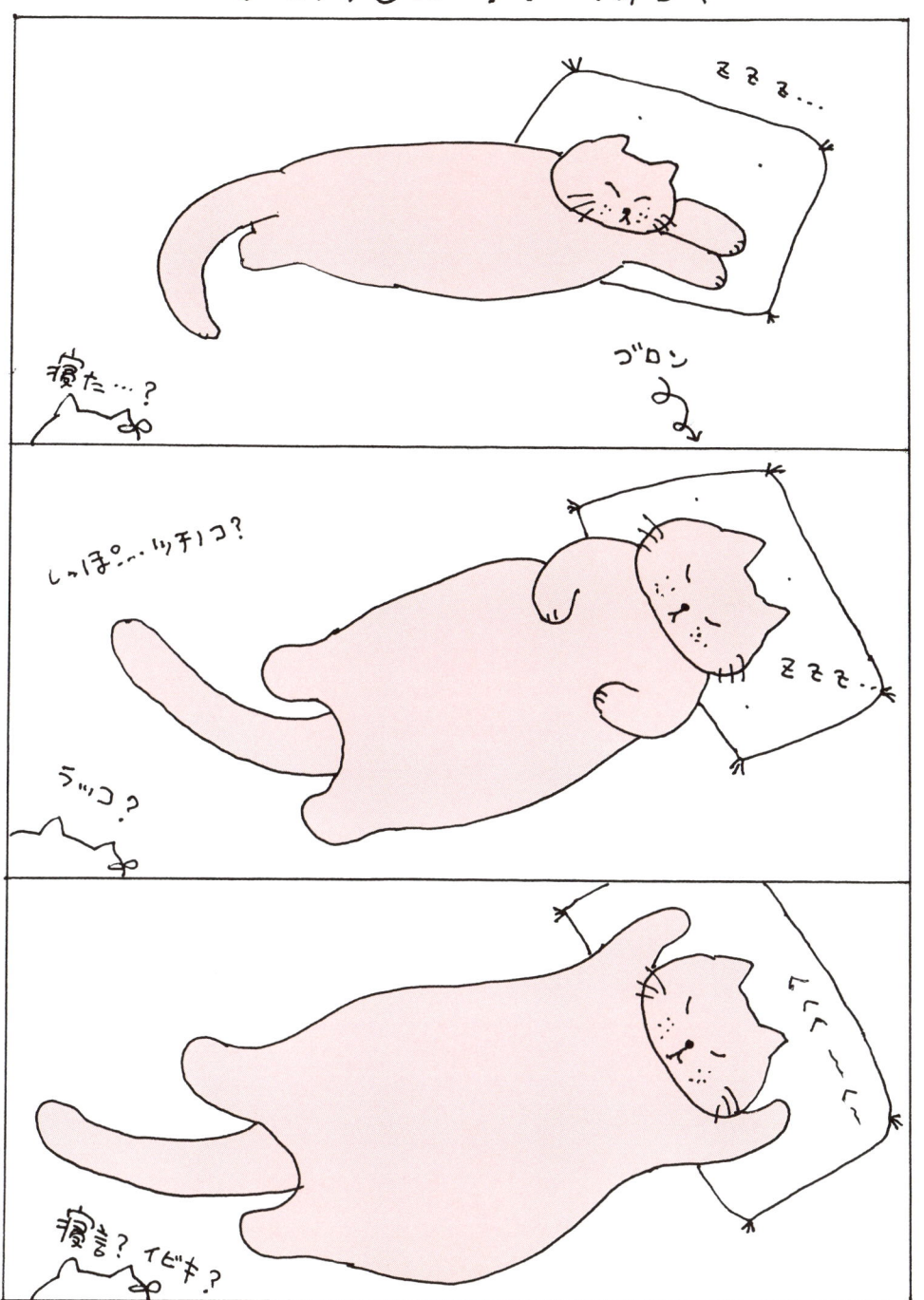

ZZZ…

ゴロン

寝た…？

しっぽぉ…ツチノコ？

ZZZ…

ラッコ？

ぐぅ～～ぅ～

寝言？イビキ？

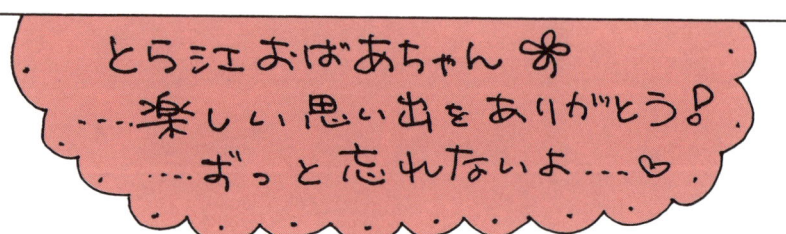

とら江おばあちゃん
楽しい思い出をありがとう！
ずっと忘れないよ…

お笑いが
大好きで
テレビを見て
涙を流して
笑ってました

職人さんが
大好きで
「手に職を持ってる
人はかっこいいね」
と言ってました

テレビに動物が
出演していると
「神経使って
かわいそう…」と
腕を痛めてました

猫にいつも
話しかけて
笑ってました
「いい子だね」
と誉めながら
ニコニコして
ました

正義感が
強くて
いつも
怒ってました

偉そうに
いばっている人
がキライでした

私もとら江おばあさんの
ようなおばあさんになりたい
です
（♡オシャレで 若い人が好きで ちょっぴり
わがままで…ね♡）

著者略歴

こどもの本のカリスマ・コーディネーター。猫大好き（犬も、ほぼ動物全員）。カモミールティーにはまっている。冬が好き（毛糸のセーターやコート、いっぱい着込めるし）。幼稚園教諭、書店、出版社勤務を経て、現在は全国の書店から、「来てくださーい！」というコールに応えて、児童書コーナーの棚づくりやフェアの企画、飾り付けなどをしている。（ここ数年は、学校図書館からもうれしいコールが多い。）絵本に関するイベント、作家とのトークライブ、絵本コンサートなどを企画。ねこ・しおり一座の座員、人を笑わせるのが喜び！
著書には『楽しもう！ 学校図書館ディスプレイ』『すてきに本のディスプレイ』（以上、全国学校図書館協議会）、『猫を愛する人のための猫絵本ガイド』（講談社）、『豊かな心をはぐくむ０〜７歳こども絵本ガイド』（主婦の友社）がある。

ハッピー！ 介護(かいご)
猫(ねこ)の手(て)☆エンディングノート

2013年3月10日　初版第1刷発行

著者	さわだ さちこ
発行者	古屋信吾
発行所	株式会社さくら舎
	http://www.sakurasha.com
	東京都千代田区富士見1-2-11　〒102-0071
	電話　営業　03-5211-6533　FAX　03-5211-6481
	編集　03-5211-6480　振替　00190-8-402060
装幀	石間 淳
装画	さわだ さちこ
印刷・製本	中央精版印刷株式会社

本書の全部または一部の複写・複製・転訳載および磁気または光記録媒体への入力等を禁じます。これらの許諾については小社までご照会ください。
落丁本・乱丁本は購入書店名を明記のうえ、小社にお送りください。送料は小社負担にてお取り替えいたします。なお、この本の内容についてのお問い合わせは編集部あてにお願いいたします。
定価はカバーに表示してあります。

Ⓒ 2013 Sachiko Sawada Printed in Japan
ISBN 978-4-906732-34-0

さくら舎の好評既刊

築山 節

一生衰えない脳のつくり方・使い方
成長する脳のマネジメント術

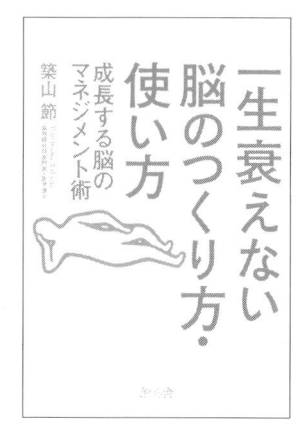

脳が冴える働き方、脳がスッキリする眠り方など、脳が活性化する生活術が満載！　毎日上手に脳を使っていつまでも若々しい脳をつくる！

1470円

定価は税込（5%）です。定価は変更することがあります。